Learn Galician with Short Stories
Those Who Have Honor

HypLern Interlinear Project
www.hyplern.com

First edition: 2025, July

Author: Sabela Guerreiro, Kees van den End
Foreword: Camilo Andrés Bonilla Carvajal PhD

ISBN: 978-1-83425-018-2

kees@hyplern.com
www.hyplern.com

Learn Galician with Short Stories
Those Who Have Honor

Interlinear Galician to English

Author
Sabela Guerreiro, Kees van den End

HypLern Interlinear Project
www.hyplern.com

The HypLern Method

Learning a foreign language should not mean leafing through page after page in a bilingual dictionary until one's fingertips begin to hurt. Quite the contrary, through everyday language use, friendly reading, and direct exposure to the language we can get well on our way towards mastery of the vocabulary and grammar needed to read native texts. In this manner, learners can be successful in the foreign language without too much study of grammar paradigms or rules. Indeed, Seneca expresses in his sixth epistle that "Longum iter est per praecepta, breve et efficax per exempla[1]."

The HypLern series constitutes an effort to provide a highly effective tool for experiential foreign language learning. Those who are genuinely interested in utilizing original literary works to learn a foreign language do not have to use conventional graded texts or adapted versions for novice readers. The former only distort the actual essence of literary works, while the latter are highly reduced in vocabulary and relevant content. This collection aims to bring the lively experience of reading stories as directly told by their very authors to foreign language learners.

Most excited adult language learners will at some point seek their teachers' guidance on the process of learning to read in the foreign language rather than seeking out external opinions. However, both teachers and learners lack a general reading technique or strategy. Oftentimes, students undertake the reading task equipped with nothing more than a bilingual dictionary, a grammar book, and lots of courage. These efforts often end in frustration as the student builds mis-constructed nonsensical sentences after many hours spent on an aimless translation drill.

Consequently, we have decided to develop this series of interlinear translations intended to afford a comprehensive edition of unabridged texts. These texts are presented as they were originally written with no changes in word choice or order. As a result, we have a translated piece conveying the true meaning under every word from the original work. Our readers receive then two books in just one volume: the original version and its translation.

The reading task is no longer a laborious exercise of patiently decoding unclear and seemingly complex paragraphs. What's more, reading becomes an enjoyable and meaningful process of cultural, philosophical and linguistic learning. Independent learners can then acquire expressions and vocabulary while understanding pragmatic and socio-cultural dimensions of the target language by reading in it rather than reading about it.

Our proposal, however, does not claim to be a novelty. Interlinear translation is as old as the Spanish tongue, e.g. "glosses of [Saint] Emilianus", interlinear bibles in Old German, and of course James Hamilton's work in the 1800s. About the latter, we remind the readers, that as a revolutionary freethinker he promoted the publication of Greco-Roman classic works and further pieces in diverse languages. His effort, such as ours, sought to lighten the exhausting task of looking words up in large glossaries as an educational practice: "if there is any thing which fills reflecting men with melancholy and regret, it is the waste of mortal time, parental money, and puerile happiness, in the present method of pursuing Latin and Greek[2]".

Additionally, another influential figure in the same line of thought as Hamilton was John Locke. Locke was also the philosopher and translator of the Fabulae AEsopi in an interlinear plan. In 1600, he was already suggesting that interlinear texts, everyday communication, and use of the target language could be the most appropriate ways to achieve language learning:

> ...the true and genuine Way, and that which I would propose, not only as the easiest and best, wherein a Child might, without pains or Chiding, get a Language which others are wont to be whipt for at School six or seven Years together...[3]

---

1   "The journey is long through precepts, but brief and effective through examples". Seneca, Lucius Annaeus. (1961) Ad Lucilium Epistulae Morales, vol. I. London: W. Heinemann.

2   In: Hamilton, James (1829?) History, principles, practice and results of the Hamiltonian system, with answers to the Edinburgh and Westminster reviews; A lecture delivered at Liverpool; and instructions for the use of the books published on the system. Londres: W. Aylott and Co., 8, Pater Noster Row. p. 29.

3   In: Locke, John. (1693) Some thoughts concerning education. Londres: A. and J. Churchill. pp. 196-7.

Who can benefit from this edition?

We identify three kinds of readers, namely, those who take this work as a search tool, those who want to learn a language by reading authentic materials, and those attempting to read writers in their original language. The HypLern collection constitutes a very effective instrument for all of them.

1. For the first target audience, this edition represents a search tool to connect their mother tongue with that of the writer's. Therefore, they have the opportunity to read over an original literary work in an enriching and certain manner.
2. For the second group, reading every word or idiomatic expression in its actual context of use will yield a strong association between the form, the collocation, and the context. This will have a direct impact on long term learning of passive vocabulary, gradually building genuine reading ability in the original language. This book is an ideal companion not only to independent learners but also to those who take lessons with a teacher. At the same time, the continuous feeling of achievement produced during the process of reading original authors both stimulates and empowers the learner to study[1].
3. Finally, the third kind of reader will notice the same benefits as the previous ones. The proximity of a word and its translation in our interlinear texts is a step further from other collections, such as the Loeb Classical Library. Although their works might be considered the most famous in this genre, the presentation of texts on opposite pages hinders the immediate link between words and their semantic equivalence in our native tongue (or one we have a strong mastery of).

---

1 Some further ways of using the present work include:

1. As you progress through the stories, focus less on the lower line (the English translation). Instead, try to read through the upper line, staying in the foreign language as long as possible.
2. Even if you find glosses or explanatory footnotes about the mechanics of the language, you should make your own hypotheses on word formation and syntactical functions in a sentence. Feel confident about inferring your own language rules and test them progressively. You can also take notes concerning those idiomatic expressions or special language usage that calls your attention for later study.
3. As soon as you finish each text, check the reading in the original version (with no interlinear or parallel translation). This will fulfil the main goal of this

collection: bridging the gap between readers and original literary works, training them to read directly and independently.

Why interlinear?

Conventionally speaking, tiresome reading in tricky and exhausting circumstances has been the common definition of learning by texts. This collection offers a friendly reading format where the language is not a stumbling block anymore. Contrastively, our collection presents a language as a vehicle through which readers can attain and understand their authors' written ideas.

While learning to read, most people are urged to use the dictionary and distinguish words from multiple entries. We help readers skip this step by providing the proper translation based on the surrounding context. In so doing, readers have the chance to invest energy and time in understanding the text and learning vocabulary; they read quickly and easily like a skilled horseman cantering through a book.

Thereby we stress the fact that our proposal is not new at all. Others have tried the same before, coming up with evident and substantial outcomes. Certainly, we are not pioneers in designing interlinear texts. Nonetheless, we are nowadays the only, and doubtless, the best, in providing you with interlinear foreign language texts.

Handling instructions

Using this book is very easy. Each text should be read at least three times in order to explore the whole potential of the method. The first phase is devoted to comparing words in the foreign language to those in the mother tongue. This is to say, the upper line is contrasted to the lower line as the following example shows:

—Gregorio	non	quere	que	quedes,	verdade?
Gregorio	not	wants	that	(you) stay	truth
					isn't it

The second phase of reading focuses on capturing the meaning and sense of the original text. As readers gain practice with the method, they should be able to focus on the target language without getting distracted by the translation. New users of the method, however, may find it helpful to cover the translated lines with a piece of paper as illustrated in the image below. Subsequently, they try to understand the meaning of every word, phrase, and entire sentences in the target language itself, drawing on the translation only when necessary. In this phase, the reader should resist the temptation to look at the translation for every word. In doing so, they will find that they are able to understand a good portion of the text by reading directly in the target language, without the crutch of the translation. This is the skill we are looking to train: the ability to read and understand native materials and enjoy them as native speakers do, that being, directly in the original language.

—Gregorio non quere que quedes, verdade?
   Gregorio   not

In the final phase, readers will be able to understand the meaning of the text when reading it without additional help. There may be some less common words and phrases which have not cemented themselves yet in the reader's brain, but the majority of the story should not pose any problems. If desired, the reader can use an SRS or some other memorization method to learning these straggling words.

—Gregorio non quere que quedes, verdade?

Above all, readers will not have to look every word up in a dictionary to read a text in the foreign language. This otherwise wasted time will be spent concentrating on their principal interest. These new readers will tackle authentic texts while learning their vocabulary and expressions to use in further communicative (written or oral) situations. This book is just one work from an overall series with the same purpose. It really helps those who are afraid of having "poor vocabulary" to feel confident about reading directly in the language. To all of them and to all of you, welcome to the amazing experience of living a foreign language!

Additional tools

Check out shop.hyplern.com or contact us at info@hyplern.com for free mp3s (if available) and free empty (untranslated) versions of the eBooks that we have on offer.

For some of the older eBooks and paperbacks we have Windows, iOS and Android apps available that, next to the interlinear format, allow for a pop-up format, where hovering over a word or clicking on it gives you its meaning. The apps also have any mp3s, if available, and integrated vocabulary practice.

Visit the site hyplern.com for the same functionality online. This is where we will be working non-stop to make all our material available in multiple formats, including audio where available, and vocabulary practice.

Table of Contents

Capítulo 1 – Unha cidade xunto ao mar
Chapter 1 - A city by the sea

A Coruña brillaba coas primeiras luces do día,
A Corunya shone with the first lights of the day

e o mar —sempre o mar— respiraba fondo
and the sea always the sea breathed deeply

contra os peiraos, coma un xigante adormecido.
against the piers like a giant asleep

Eu, Inés de Ben, camiñaba polas rúas empedradas
I Ines de Ben walked by the roads be-stoned of cobblestones

do barrio da Pescadería, coas sandalias
of the quarter of the Fishing with the sandals

molladas e o mandíl manchado de terra e
wet and the apron stained by earth and

herbas. Viña de recoller ramiños de millefolga
plants (I) came of to collect twigs of thousand-strike (herb)

e trevo para a miña avoa, herbeira de
and clover to -the- my grandmother herb-lady of

oficio e sabedora das mans, da alma e
job and knowledgeable of the hands of the soul and

dos ósos.
of the bones

Erguérase unha brétema lixeira sobre os tellados,
Itself arose a mist light over the roofs

coma se a cidade mesma non estivese certa de
as if the city same not was-itself certain of

querer ver o que traería o día. E con razón.
to want to see it that would bring the day And with reason

Era maio de 1589, e a nosa vila mariñeira,
(It) was May of 1589 and the our village (of the) sea

sempre alerta, escoitaba rumores que viñan cos
always alert heard rumors that came with the

ventos e co salitre: falábase dunha frota
winds and with the saltpeter was spoken of a fleet

inglesa, de homes vestidos de negro que
English of men clothed of black that

queimaran Vigo, de canóns e espías, de Drake,
had burned Vigo of canons and spies of Drake

o corsario da raíña, que se achegaba polo
the pirate of the queen that himself approached by the

Atlántico coma un lobo famento.
Atlantic like a wolf hungry

Pero naquel intre, A Coruña tiña outras
But in that moment A Corunya had other

preocupacións. Os mercados estaban cheos de
preoccupations The markets were full of

voces, de mulleres regateando peixe, de mariñeiros
voices of women haggling (over) fish of sailors

vendendo salazón, de nenos correteando entre as
selling salting of kids running between the

pedras gastadas da rúa Real.
stones worn out of the road Royal

E entre todas as mulleres, María Pita era a
And between all the women Maria Pita was the

máis recoñecida.
most known

María —que por nome completo era María Mayor
Maria that by name complete was Maria Mayor

Fernández de Cámara e Pita, pero a quen
Fernandez of Camara and Pita but to whom

ninguén trataba sen familiaridade— era unha
no one treated without familiarity was a

muller de corpo firme e brazos de traballo, con
woman of body firm and arms of work with

ollos escuros coma pozas de río en sombra.
eyes dark like puddles of river in shadow

Era dona dunha tenda no mercado da
(She) was woman of a shop in the market of the

Pescadería, onde vendía sal, fariña, aceites e,
Fishing where (she) sold salt flour oils and

ocasionalmente, sabas de liño que ela mesma
occasionally *sheets* *of* *linen* *that* *she* *herself*

remendaba. Tiña o costume de falar recto, de
fixed *(She) had* *the* *habit* *of* *to talk* *straight* *of*

erguer o queixo sen desafiar, e de rir só
raising *the* *cheese* *without* *challenge* *and* *of* *to laugh* *only*

cando tiña motivos. E ría moito comigo.
when *had* *motives* *And* *(she) laughed* *much* *with me*
there was *reason*

—Inés, anda, non volvas tarde —díxome ese día,
Ines *go* *not* *return* *late* *(she) told me* *this* *day*

agachada sobre o saco de fariña, sacudindo o po
crouched *over* *the* *sack* *of* *flour* *shaking* *it* *by*
with

das mans—. Disque hoxe chegan dous barcos de
of the *hands* *(It is) said* *today* *arrive* *two* *ships* *from*
the

Lisboa. Se traen viño, igual hai festa... ou
Lisbon *If* *(they) bring* *wine* *equal* *has* *feast* *or*
definitely *there will be* *a party*

novas desas que non deixan durmir.
news *of those* *that* *not* *(they) let* *sleep*

—Novas ou premonicións? —preguntei, medio en
News or premonitions (I) asked half in

broma—. Que medo ten a xente ultimamente. Nin
joke What fear have the people lately Nor

que fosen os mouros...
that (they) were the Moors

—Os mouros marcharon hai séculos. Estes
The Moors (they) went off (it) has centuries These
since

son peores. Rubios, calados, e traen
(they) are worse Blond quiet and (they) bring

lume inglés. Pero A Coruña aguanta —respondeu
fire English But A Corunya holds on (she) answered
guns

con seguridade.
with certainty

María non tiña medo. Ou se o tiña, gardábao
Maria not had fear Or if it (she) had (she) kept (it)

fondo, como as moedas que leva unha no
deep like the coins that takes one in the

refaixo. O seu segundo home, Gregorio de
rework / wallet — The — his — second — man / husband — Gregorio — of

Rocamonde, era capitán da milicia e estaba
Rocamonde — was — captain — of the — militia — and — was

xa organizando as vixías das murallas e as
already — organizing — the — watchmen — of the — walls — and — the

patrullas dos peiraos. Dicían que sabía
patrols — of the — piers — (They) said — that — knew

pelexar, pero era aínda mellor tocando o
(how) to fight — but — (it) was — still — better — playing — the

laúde. María ría cando llo dicían.
lute — Maria — laughed — when — it — (they) said

—Se os ingleses atacan, que lles cante unha
If — the — English — attack — that — them — sing — a

cantiga —dicía ela—, e logo que se garde
song — said — she — and — after — that — oneself — keep

detrás de min.
behind — of — me

A cidade estaba afeita aos alertas. Xa
The city was used to the warnings Already

vivira outros medos. A peste facía só
(it) had lived other fears The pest made only
black plague

unha década, os corsarios bretóns no norte, as
one decade the pirates Bretons in the north the

revoltas fiscais. Pero desta volta, había algo
revolts of taxes But of this turn had something
there was

distinto. Unha especie de calma falsa, coma a que
distinct A sort of calm false like it that

precede as treboadas.
precedes the thunderstorms

Na praza, os vellos comentaban que a frota
In the square the old ones commented that the fleet

inglesa tiña un cento de barcos. Outros
English had a hundred of ships Others

aseguraban que só eran para asustar, que
assured that only (they) were (there) to frighten that

viñan — á — procura — de — Lisboa — e — non — de — nós.
(they) came — to the — search — of — Lisbon — and — not — of — us

Pero — había — quen — coñecía — ben — os — mapas — e
But — had / there were — those who — knew — well — the — maps — and

dixo: "Se — queren — Lisboa, — pasarán — pola — Coruña,
said — If — (they) want — Lisbon — (they) will pass — by the / by A — Corunya

e — non — para — saudarnos."
and — not — to — greet us

Un — mercador — de — Flandres — contou — que — os
One — Merchant — from — Flanders — related — that — the

protestantes — odiaban — todo — o — que — levara — cruz. — Que
protestants — hated — all — it — that — carried — (a) cross — That

queimaban — igrexas — e — violaban — conventos. — Algúns
(they) burned — churches — and — violated — convents — Some

homes — da — cidade — comezaron — a — sacar — as — súas
men — of the — city — began — to — take out — -the- — their

espadas — vellas — dos — armarios. — Outros — escaparon
swords — old — from the — cabinets — Others — escaped

ao   interior.
to the   interior

Nós, as mulleres, seguimos cos nosos días. E
Us   the   women   continued   with the   our   days   And

eu, Inés, pasaba as horas entre plantas,
I   Ines   passed   the   hours   between   plants

curacións, e un pouco de lectura clandestina que
healings   and   a   little   of   lecture   clandestine   that

aprendín de monxas vellas. Pero non deixaba de
taught   of   nuns   old   But   not   left   of

mirar o mar.
to watch   the   sea

Esa noite, ceamos cedo. A miña avoa
That   night   (we) dined   early   The   my   grandmother

estaba calada, mirando pola ventá aberta ao
was   silent   watching   through the   window   open   to the

leste, onde as estrelas xa non brillaban coma
east   where   the   stars   already   not   burned   as

antes. Dicía que o aire viña cargado. Que o
before (She) said that the air (it) came laden That the

mar estaba raro.
sea was weird

Pola mañá seguinte, o 2 de maio, soaron as
By the morrow next the 2nd of May sounded the

campás.
bells

Un golpe. Pausa.
A blow Pause

Outro golpe.
Other blow

Era a Torre de Hércules. Sinal de aviso. Os
(It) was the Tower of Hercules Signal of warning The

barcos forasteiros foran avistados na liña do
ships foreign were sighted on the line of the

horizonte.
horizon

Ao mediodía, os oficiais da cidade
At the / middle (of the) day / the / officials / of the / city

reuníronse na Casa do Concello. Gregorio
united themselves / in the / House / of the / Municipality / Gregorio

foi chamado. María acompañouno ata o arco
was / called / Maria / accompanied him / until / the / arch

da praza e deulle un bico curto, de costume,
of the / square / and / gave him / a / kiss / short / of / habit

coma quen entrega unha cesta de ovos: con
as / who / delivers / a / basket / of / eggs / with

respecto e sen medo.
respect / and / without / fear

—Hai tempo que non te vin preocupada —díxenlle
Has / time / that / not / you / worried / told her

eu cando volveu ao mercado, collendo
I / when / (she) returned / to the / market / gathering

froitas dun cesto—. Que che dixo?
fruits / of a / basket / What / you / said

—Que é máis serio do que pensan. Os barcos
That (it) is more serious of it that (they) think The ships

van entrar pola enseada, non poden impedir o
go enter by the inlet not (they) can impede the

desembarco se veñen en serio. Hai quen
disembarkment if (they) come in serious Has who
There are those

propón fuxir.
propose to flee

—E ti?
And you

—Eu nacín nesta cidade —respondeu con voz
I was born in this city (she) answered with voice

firme—. E hei morrer nela se é necesario.
firm And (I) have to die in her if (it) is necessary

Aquel día, os comerciantes recolleron os seus
That day the merchants collected the their

postos máis cedo do habitual. As igrexas
posts more early than the usual The churches

comezaron a encherse de oracións. Os
began to fill up themselves of prayers The

mariñeiros, en troques de baixar ao porto,
sailors in exchanges of to descend to the harbour

ficaban nos tellados, vixiando o mar coma
remained on the roofs affixing the sea like

corvos atentos.
crows attentive

A Coruña, fermosa e valente, respiraba fondo.
A Corunya closed and valiant breathed deeply

Capítulo 2 – Sombras sobre o Atlántico

Chapter 2 - Shadows over the Atlantic

O salitre entraba polas fiestras da
The (smell of) saltpeter entered through the windows of the

capela coma un mensaxeiro antigo, portando novas
chapel like a messenger ancient carrying news

que aínda non queriamos crer. A luz da
that still not (we) wanted to believe The light of the

mañá filtrábase en láminas finas polas
morning filtered itself in sheets fine through
                                         lines thin

vidrieiras da igrexa de Santo
(the stained) glass windows of the church of Santo

Domingo, agora convertida en improvisado hospital.
Domingo now converted in improvised hospital
                                            provisory

As bancadas foran desprazadas ás paredes, e
The benches were displaced to the walls and
shoved

sobre o chan estendéranse fardos de palla e
on the ground extended themselves bales of straw and

sabas para recibir feridos.
sheets to receive (the) wounded

Un dos mariñeiros que axudaba a baixar os
One of the sailors that helped to lower the

corpos entrou suando e cos ollos fóra de
corpses entered sweating and with the eyes outside of

si.
himself

—Están a queimar os barcos pequenos!
(They) were to burn the ships small

Queimaron unha carabela que viña de Ferrol.
(The) burned a vessel that came from Ferrol

Nin lles deu tempo a desembarcar o
Neither them gave time to disembark the

cargamento.
cargo

Corrín cara á entrada, onde dous homes traían
(I) ran face to the entrance where two men carried

un terceiro, arrastrándoo polos ombreiros. Estaba
a third dragging him by the shoulders (He) was

consciente, pero manchaba o solo de sangue.
conscious but stained the floor with blood

Unha longa fenda na coxa esquerda abría a
A long gash in the thigh left opened the

carne como se unha gadaña lle cortara a vida
flesh as if a scythe him cut the life

por metade.
by half

—Poñédeo aquí!— gritei, indicando unha zona
Put him here (I) shouted indicating a zone

preto do altar maior, onde tiña preparados os
close of the altar major where (I) had prepared the
main

ungüentos.
potions

Mentres lle cortaba os calzóns, o home cravaba
While him (I) cut the shorts the man nailed
clenched

os dentes no lenzo para non berrar.
the teeth in the canvas to not shout

—De onde vés? —pregunteille, limpando o
Of where (you) came (I) asked him cleaning the

sangue con auga de romeu.
blood with water of rosemary

—Dos barcos da enseada... Tentamos
From the ships of the inlet (We) tried

interceptalos... pero traen canóns e lanzas
to intercept them but (they) bring canons and lances

longas... Non son piratas... —murmurou, e
long Not (they) are pirates (he) mumbled and

quedou sen folgos.
remained without breaths

O seu nome era Domingo de Laxe, e era
-The- his name was Domingo of Laxe and (he) was

natural de Caión. A ferida non era mortal, pero
(a) native from Cayon The wound not was deadly but

perdía moito sangue. Entre el e outros dous
(he) lost much blood Between him and (the) other two

que entraron pouco despois, soubemos que unha
that entered (a) little after (we) knew that a
we learned

flotilla inglesa se adiantara á frota principal
fleet english itself advanced to the fleet primary

e xa provocara escaramuzas no mar aberto.
and already provoked skirmishes in the sea open

Querían tomar a costa sen declarar guerra,
(They) wanted to take the coast without to declare war

como quen vai de pesca e volve coa vila
like those who goes of fishing and returns with the village

enteira.
entire

Nun recanto escuro, mentres lle aplicaba á
In a corner dark while it applied to the

ferida unha pasta de resina e po de
wounded a paste of resin and (a) bit of

consuelda, escoitaba os berros das campás que
consolation (I) heard the screams of the bells that
frantic ringing

volvían soar, esta vez con ritmo apurado. O que
returned to sound this time with rhythm hurried It that
kept ringing

temeramos estaba sucedendo: a Armada Inglesa
(we) feared was happening the Armada English

xa estaba aquí.
already was here

Ao mediodía, María apareceu na capela
At the middle (of the) day Maria appeared in the chapel

co rostro suado e a cara ateigada de po.
with the face sweaty and the face covered of dust
forehead

—Gregorio regresou un intre —dixo, arrastrando
Gregorio returned a moment (she) said dragging

unha banqueta e sentándose a carón dunha
a · little bench · and · seating herself · at · (the) side · of an

vella—. Vén só para buscar máis homes.
old (woman) · (They) come · only · to · search · more · men

Non hai bastantes nas murallas. Os ingleses
Not · has / there are · enough · on the · walls · The · English

xa están desembarcando en Oza e Riazor.
already · were · disembarking · in · Oza · and · Riazor

—Démoslles lume ás embarcacións?
Let's give them · fire · to the · vessels

—Algunhas si. Pero eles traen barcas planas,
Some · yes · But · them · (they) bring · vessels · flat

fondas, coma ramplas. Veñen cargados de
deep · like · ramps · (They) come · laden · of

cabalos. Están preparados. Isto non é unha
horses · (They) were · prepared · This · not · is · an

incursión. É unha invasión.
incursion · (It) is · an · invasion

Collín a man dun rapaz ao que lle estaba
(I) picked the hand of a boy to it that him was

limpando unha queimadura e mirei para ela.
cleaning a burn and watched to her

—E que vas facer?
And what (you) go do

—Quedar, claro —respondeu, coma quen di que
(We) stay clear (she) answered like who says that
obviously

a terra é redonda—. Que vou facer senón?
the earth is round What (I) go do if not
would I

—Gregorio non quere que quedes, verdade?
Gregorio not wants that (you) stay truth
isn't it

—Claro que non. El pensa que debe coidar de
Clear that not He thinks that (I) must take care of
Clearly not

min. Pero eu prefiro morrer loitando que vivir
myself But I prefer to die fighting than to live

esperando noticias. Esta cidade é miña, como é
awaiting messages This city is mine like (it) is

túa, coma é de todos os que non corren.
yours like (it) is from all those that not run

Cando o sol comezou a caer, o ceo adquiriu
When the sun started to fall the sky aquired

unha tonalidade avermellada, coma se ardese xa
a shade reddish as if burn already

a metade do horizonte. Desde os tellados máis
the half of the horizon From the roofs more

altos da cidade vella, víase a fumeira negra
high of the city old saw itself the smoke black
one could see

de barcos incendiados e chamas no barrio
of ships set alight and flames in the quarter

baixo.
low

Gregorio chegou xusto antes do toque de
Gregorio arrived just before of the touch of
call

recollemento. Estaba cuberto de barro e con
collection (He) was covered of mud and with
gathering

sangue nos nocellos.
blood on the ankles

—María! —chamou desde o limiar da capela,
Maria (he) called from the threshold of the chapel

e eu vin como ela se erguía coma unha loba
and I saw how she herself arose like a wolf

que sente o seu cadelo chamar.
that hears -the- her puppy call

Ela correu cara a el, mais non para abrazalo:
She ran face to him more not to embrace him
        in front

empurrouno cara ao interior e deulle unha
pushed him face to the interior and gave him a

cantimplora.
canteen

—Bebes, lavas esa cara e falas. Que está
(You) drink wash that face and speak What is

pasando?
happening

Gregorio mirouna coma quen non sabe se
Gregorio looked at her like (one) who not knows if

amar ou temer.
to love or to fear

—A cidade baixa xa está perdida. Non puidemos
The city low already is lost Not (we) could

defender a Porta Real. Entraron por detrás,
defend the Gate Royal (They) entered through behind
the back

con axuda dalgúns desertores. Os ingleses toman
with help of some deserters The English take

posicións e instalan fogueiras. Mañá, o máis
positions and install bonfires Tomorrow it most

probable é que intenten subir ata aquí.
probable is that (they) intent to go up until here

María non dixo palabra. Colleu o coitelo que
Maria not said (a) word (She) took the knife that

tiña na cintura e fixo un aceno en silencio.
(she) had in the (the) belt and made a sign in silence

—Non quero que quedes —dixo Gregorio, agora
Not (I) want that (you) stay said Gregorio now

con voz suave—. Leva a Inés, vai cos da rúa
with voice soft Take the Ines go with the of the road

das Hortas, pola porta do fondo. Non che
of the Hortas by the gate of the deep Not you

pasarán lista, ninguén ha saber.
(they) will pass ready no one has to know

—Non fuxas do campo de batalla, Gregorio
Not flee from the field of battle Gregorio

—respondeu ela, con voz grave—. Non quero que
answered she with voice serious Not (I) wish that

me avergoñes.
me (you) embarrass

El tentou sorrir, pero había medo nos seus ollos.
He tried to smile but had fear in the his eyes
there was

—Entón... quedamos os dous.
Then let's stay the two

Ela abrazouno por un intre. Logo
She hugged him for a moment Then

separáronse, e nunca máis se
(they) separated themselves and never more themselves

volveron ver.
(they) returned to see

Naquela noite, a cidade vella estivo esperta. As
In that night the city old was awake The

rúas enchéronse de pasos, os nenos foron
roads filled up of steps the kids were

escondidos nos sotos, as igrexas reforzaron
hidden in the basements the churches (they) reinforced

as portas. A noite era un corazón que latexaba
the doors The night was a heart that beat

con violencia.
with violence

Eu camiñaba con María polas rúas altas, levando
I walked with Maria by the roads high taking

bálsamos, auga e pan. Todo estaba a escurecer,
balms water and bread All was to darken

e cada recuncho semellaba gardar un segredo.
and each corner seemed to guard a secret

Os ventos viñan do oeste, onde o mar batía
The winds came from the west where the sea beat

con rabia, coma se tamén el se rebelase.
with anger as if also he itself rebelled

—María —díxenlle—, ti xa sabes o que vén.
Maria (I) told her you already know it that comes

—Sei —respondeu sen mirar—. Mais xa
(I) know (she) answered without to look More already

sabes ti tamén que non hai outro lugar
(you) know you also that not has (an)other place
there is

onde queira estar.
where (I) want to be

Paramos diante da muralla norte. Os soldados
(We) stopped in front of the wall north The soldiers

e voluntarios apuraban o reforzo das
and volunteers hastened the reinforcement of the

ameas. Algunhas mulleres subían con cubos de
battlements Some women sent up with buckets of

brea e aceite fervente. A cidade estaba
pitch and oil boiling The city was

a prepararse. Non para renderse, senón para facer
to prepare itself Not to render itself if not to make
preparing itself give up but

historia.
history

—E se non sobrevivimos? —preguntei en voz baixa.
And if not (we) survive (I) asked in voice low

—Entón que sexa berrando —dixo—. Que quede
Then that be it screaming (she) said That (it) remains

claro quen somos.
clear who (we) are

E no fondo do seu ollar, brillaba a luz da
And in the deep of the her look shone the light of the

resistencia.

resistance

Capítulo 3 – A caída da cidade baixa

Chapter 3 - The fall of the city low (lower city)

A cidade baixa ardeu antes de que o sol
The city low burned before of that the sun

chegase ao cume da Torre de Hércules.
arrived to the top of the Tower of Hercules

Non houbo tempo para estratexias nin trompetas
Not had / there was time to strategies nor trumpets

de guerra. Só berros, lume, e os tambores
of war Only screams fire and the drums

surdos dos cascos ingleses nas pedras da rúa.
mute of the hoofs English in the stones of the road

Desde a muralla alta, víase todo. As rúas
From the wall high saw itself / could be seen everything all The roads

que baixaban cara ao mar convertéranse en
that lowered face to the (the) sea converted themselves into
towards

corredores de fume. As casas dos mariñeiros,
corridors of smoke The houses of the sailors

feitas de madeira e pedra branda, queimaban
made of wood and stone soft burned

como se foran feitas de papel. Os almacéns
as if (they) were made of paper The warehouses

do porto estouparon con barrís de viño, aceite
of the harbour exploded with barrels of wine oil

e pólvora. A cidade era agora un fervedoiro de
and powder The city was now a hotbed of

caos, e as campás deixaran de soar, como se
chaos and the bells left of to sound as if
stopped to ring

tamén elas foran derrotadas.
also they were destroyed

—Entraron pola Porta Real —repetía un
(They) entered through (the) Gate Royal repeated a

soldado novo, con sangue nos pantalóns e os
soldier   new   with   blood   in the   trousers   and   the

ollos desorbitados—. Matáronos a todos. Só
eyes   out of orbit   (They) killed   to   all   Only

quedaron uns poucos que lograron subir polo
remained   a   few   that   managed   to go up   through the

Carril do Sol.
Lane   of the   Sun

María agarrouno polos ombreiros e obrigouno a
Maria   grabbed him   by the   shoulders   and   obliged him   to

mirala nos ollos.
look her   in the   eyes

—E tes medo?
And   (you) have   fear

—Si... —balbuciu.
Yes   (he) stammered

—Pois serás ti o primeiro en quedar de garda
Then   will be   you   the   first   in   to stay   of   guard

esta noite. O medo é útil se o usas. Se non,
this night The fear is useful if it (you) use If not

mátate agora e afórranos traballo.
kill yourself now and save us work

O rapaz asintiu, medio mareado, pero cun aceno
The boy nodded half seasick but with a sign
dizzy

de dignidade que antes non tiña.
of dignity that before not (he) had

—Bótalle viño nesa ferida —ordenoume María—.
Throw him wine in that wound ordered me Maria

Pero non mo mimes.
But not him (you) spoil

As rúas da cidade vella enchéronse de xente.
The roads of the city old filled up with people

Vellas coxas, nenos chorando, familias enteiras
Old invalids kids crying families entire

cos poucos sacos que lograran sacar das
with the few sacks that (they) managed to take out of the

casas. Algúns traían xerras, outros roupas
houses Some carried jugs others clothes

enroladas, unha muller levaba unha galiña debaixo
rolled up one woman carried a chicken under

do brazo, bicándolle o pescozo para calala.
of the arm kissing it the neck for to quiet her

—Por aquí, por aquí! —berraba María—. Cara á
For here for here shouted Maria Face to the

praza de San Nicolás! Hai pan quente e
square of San Nicholas Has bread hot and
There is

mantas no mosteiro!
blankets in the monastery

Eu axudaba unha nai nova que traía dúas
I helped a mother new that brought two

crianzas e unha terceira no ventre. Tiña os
children and a third in the belly (she) had the

ollos vermellos do fume e do pranto, pero
eyes red of the smoke and of the crying but

seguía andando coma quen atravesa un río
continued going like whom traverses a river

bravo: sen escoller, só adiante.
wild without to choose only ahead
to hesitate

Un neno pequeno caeu e rachou o xeonllo
A child small fell and cracked the knee

contra un chanzo. Parei, limpeille a ferida e
against a step (I) stopped cleaning him the wound and

mirei para a nai.
looked at the mother

—Non te pares —díxenlle—. Eu lévoo.
Not you stop (I) told her I (will) take him

Ela apertoume a man con forza e segueu. O
She pressed me the hand with force and continued The

rapaz choraba pouco, para o dano que tiña.
boy cried little for the harm that (he) had

Era bravo, coma todos os nosos.
(He) was brave like all the ours

Subimos cara ao adro da igrexa, onde
(We) went up face to the yard of the church where
towards the courtyard

Gregorio e outro oficial organizaban barricadas
Gregorio and (an)other official organized barricades

con carros, mobles, e sacos de fariña. Os homes
with carts furnitures and sacks of flour The men

baixaban cordas para arrastrar pedras grandes
lowered ropes to drag stones great

desde os muros da horta dos dominicos.
from the walls of the garden of the Dominicans

Algunhas mulleres axudaban, outras preparaban
Some women helped others prepared

caldeiros con auga, ou disolvían fariña en
kettles with water or dissolved flour in

cal viva para facer mestura para incendiar.
calcium alive for to make mix for to burn
quicklime

María subiu co paso decidido dun xeneral.
Maria climbed with the step decided of a general

—Fixádevos ben nisto —dixo cun berro que
Pay attention well in this (she) said with a shout that

retumbou—. Non estamos aquí para chorar! Non
rumbled Not (we) are here for to cry Not

somos vila de escravos! Somos A Coruña! Terra
(we) are village of slaves (We) are A Corunya Earth / Country

de loitadores, mariñeiros e meigas! Quen teña
of fighters sailors and witches Who has

honra, que a mostre!
honor that it shows

Nunha pausa entre fume e berros, sentamos
In a pause between smoke and shouts (we) seated

detrás dunha das paredes da igrexa. O sol
behind of one of the walls of the church The sun

xa declinaba no ceo, agochado detrás dunha
already descended in the sky hidden behind of a

nube espesa. Un cheiro doce e cruel invadía o
cloud thick A smell sweet and cruel invaded the

aire: sangue, madeira queimada, e viño
air blood wood   burned   and wine

derramado.
spilled

María tiña as mans sucias e os brazos riscados.
Maria had the hands dirty and the arms scratched

Estaba cansa, pero firme.
(She) was tired but firm
                    decided

Eu mireina sen dicir nada durante uns
I looked at her without say nothing during some

segundos. E logo, sen querer, falei.
seconds And after without to want (I) spoke

—Lembras a fonte de Sigrás?
Do (you) remember the fountain of Sigras

Ela virou a cabeza con sorpresa, os ollos abertos
She turned the head with surprise the eyes open

coma quen esperta dun sono profundo.
like who awakes from a dream deep

—Que?
What

—A fonte. Alí onde de nenas mollabamos
The fountain There where of children (we) soaked ourselves
as

os pés. Ti sempre metías os teus e logo
the feet You always put the yours and after

dicías que a auga che falaba.
(you) said that the water you (it) spoke (to)

Ela riu, por primeira vez en días.
She laughed for (the) first time in days

—Iso dicía? Aínda o creo —respondeu—. A
This (I) said Still it (I) believe (she) answered The

auga sempre soubo cousas que nós non sabiamos.
water always knew things that us not (we) knew

Adoecía co frío, e cantaba coas pedras...
(I) was sick with the cold and sang with the stones

Pero nunca dixo que acabaríamos aquí, ti e
But never (it) said that (we) would end up here you and

máis eu, rodeadas de lume.
more I surrounded by fire

—Quen sabe —dixen eu—. Talvez si o dixo, e
Who knows said I Maybe yes it said and
indeed

non quixemos escoitar.
not (we) wanted to hear

—Ou talvez nos estaba preparando.
Or maybe us (it) was preparing

Calamos. Unha trabe caeu ao lonxe cun
(We) were quiet A beam fell in the distance with a

estrondo. Un can fuxía a rentes dos muros,
crash A dog fled the - of the walls
away from the

cos ollos desorbitados e as costelas marcadas.
with the eyes out of orbit and the ribs marked
visible

Un neno correu tras del, rindo. A vida, ás
A child ran behind of him laughing The life at the

veces, non entende de guerras.
times not understands of wars

Pouco despois, un rapaz chegou correndo desde
Little after a boy arrived running from

a rúa da Franxa.
the road of the Franxa

—Véñense cara arriba! Os ingleses avanzan
(They) come themselves face up The english advance
They are coming up

polos soportais! Están queimando a rúa
through the porches (They) were burning the road

Nova!
New

María ergueuse de golpe.
Maria got up of blow
suddenly

—Xa está ben de correr —dixo—. Hai que
Already is well of to run said Has that

cortarlles o paso aquí. Se toman esta praza,
to cut them the step here If (they) take this square

terán camiño libre ao corazón da cidade.
(they) will have road free to the heart of the city

Gregorio apareceu co seu escudo de ferro e
Gregorio appeared with the his shield of iron and

unha espada oxidada.
a sword rusted

—Estás segura? —preguntoulle a ela—. Non hai
Are (you) sure asked he to her Not has
there are

moitos homes.
many men

—Temos mulleres. E temos rabia. Chega.
(We) have women And (we) have anger Arrived
We'll get there

Gregorio mirouna con tenrura e medo.
Gregorio looked at her with tenderness and fear

Achegouse e bicouna na fronte.
Arrived himself and kissed her in the face

—Se non volvo...
If not (I) return

—Non digas nada —interrompeuno—. Só pega
Not (you) say nothing (she) interrupted him Only strike

forte.
strong

El marchou sen máis palabras. E daquela,
He walked without more words And from that

María colleu unha lanza vella e empoleirouse
Maria caught a lance old and perched herself
spear

nun dos carros do fondo da praza.
in one of the carts at the back of the square

—Mulleres da Coruña! —berrou con forza—.
Women of the Corunya (he) shouted with force

Non fuxades! Hoxe non! Hoxe facemos historia!
Not flee Today not Today (we) make history
Don't flee

A xente rodeouna. Mesmo vellos, rapazas,
The people surrounded her Same old ones boys
Equally the old

homes feridos, todos respondían con berros e
men (the) wounded all responded with shouts and

puños en alto.
fists in high
the air

E   alí,   baixo   o   ceo   que   escurecía,   mentres   a
And   there   low   the   sky   that   darkened   while   the

cidade baixa ardía e o inimigo se achegaba,
city low burned and the enemy itself approached

comprendín que esta batalla non era só de
(I) understood that this battle not was only of

pólvora nin de aceiro. Era de identidade. De
powder nor of iron (It) was of identity Of

lembranza. Era por Sigrás, pola fonte, polos
memory (It) was for Sigras for the fountain for the

contos que a miña avoa contaba nas noites
stories that the my grandmother told in the nights

de inverno. Era por nós.
of winter (It) was for us

Capítulo 4 – A loita dentro dos muros

Chapter 4 - Battle inside the walls

As pedras da muralla estaban quentes do sol
The stones of the wall were burned by the sun

e do lume, cubertas de brétema salina e o
and by the fire covered of mist salty and the

po dos bombardeos. Ao lonxe, o fume da
dust of the bombardments At the distance the smoke of the

cidade baixa mesturábase co mar, como se o
city low mixed itself with the sea as if the

océano mesmo fose devorado por unha besta
ocean itself were devoured by a beast

negra. O vento traía o cheiro da carne
black The wind brought the smell of the flesh

queimada, do ferro quente, do medo.
burned of the iron hot of the fear

María axustaba o corpiño cun cinto de coiro
Maria adjusted the bodice with a belt of leather

vello, no que levaba unha daga curva e
old in the that (she) carried a dagger curved and

pequena. Eu, coa miña bolsa de herbas, vendas
small I with the my pouch of herbs winds

e vinagre, subía ao seu carón polas escaleiras
and vinegar went up to the my side by the steps

da muralla norte. Os ingleses non tomaran a
of the wall north The English not took the

cidade alta, pero xa se escoitaban os seus
city high but already itself (they) heard the their

tambores entre os restos do barrio da
drums between the remains of the quarter of the

Pescadería.
Fishing

Gregorio agardábanos enriba.
Gregorio awaited us on top

Tiña un pano envolto na man esquerda,
(He) had a cloth wrapped on the hand left

manchado de sangue, pero sorría coma se
stained of blood but smiled like if

estivésemos de feira.
(we) would be of fair
at a fair

—Chegas tarde —dixo a María—. Ía subir eu
(You) arrive late (he) said to Maria Went to go up I

só os carros á amea.
only the carts to the threaten

—Mentireiro —respondeu ela, medio rindo—. Xa
Liar answered she half laughing Already

sabes que sen min, ti só sabes dar ordes
(you) know that without me you only know to give orders

e tocar o laúde.
and play the lute

El bicouna rápido na meixela, e logo quedou
He kissed her quickly on the cheek and after remained

mirándoa   máis   tempo   do   habitual.   Un   deses
looking at her   more   time   of the   usual   One   of those
                 than   usually

silencios   cheos   de   palabras   que   nunca   se
silences   full   of   words   that   never   themselves

chegan   a   dicir.
arrive   to   say

—Prométeme   que   terás   coidado   —dixo
Promise me   that   (you) will have   care   said
               you will take   care of yourself

Gregorio.
Gregorio

—Iso   dígocho   eu   a   ti.
This   tell you   I   to   you

—Non   —insistiu   el—.   Es   máis   valente   do   que
No   insisted   he   (You) are   more   valiant   of it   that
                                 than

deberías.   Prométeme   que   se   as   cousas   van   mal,
(you) should   Promise me   that   if   the   things   go   bad

te   retiras.
you   will pull back

—E ti?
And you

—Eu... Prométocho tamén. Non vou morrer hoxe.
I (I) promise you also Not (I) go to die today

María sorriu. Non era unha risa de pracer.
Maria smiled Not (it) was a laughter of pleasure

Era unha risa de "sabémolo os dous".
(It) was a laughter of (we) know it, the two (of us)

—Pois entón non morras —díxolle ela—. Porque se
So then not (you) die said him she Because if

morres, vou buscarte ata o inferno para
(you) die (I) go to search you until -the- hell to

botarche en cara que non
throw you in face that not

cumpriches.
(you) complied (with your promise)

Gregorio colleu a lanza e virou. Era hora de
Gregorio grabbed the spear and turned (It) was hour of

prepararse.
to prepare oneself

Dende o alto da muralla, o mundo semellaba
From the height of the wall the world seemed

un pesadelo líquido: columnas de fume, figuras que
a nightmare liquid columns of smoke figures that

se movían entre as ruínas, sons de
themselves moved between the ruins sounds of

disparos, berros, choques de metal. O sol estaba
gunshots shouts shocks of metal The sun was
rings

oculto detrás dun ceo cor de cinza.
hidden behind of a sky color of ash

O primeiro ataque inglés chegou contra o portal
The first attack English arrived against the gate

de San Miguel. Eles traían escudos grandes,
of San Miguel They carried shields great

redondos, e unhas escaleiras con rodas que
round and some ladders with wheels that

empuxaban entre varios homes. Detrás, arqueiros
(they) pushed / between / several / men / Behind / archers

e tiradores. A cidade respondía con pedras,
and / shooters gunmen / The / city / responded / with / stones

frechas e aceite quente.
arrows / and / oil / hot

—Máis aceite! —berrou Gregorio.
More / oil / shouted / Gregorio

—Xa vén! —respondeu un rapaz que traía dous
Already / comes / answered / a / boy / that / brought / two

caldeiros fumegantes, a duras penas.
kettles / smoking / at / hard / pains

María e eu estabamos a colocar pedras detrás
Maria / and / I / were / to / place / stones / behind

das ameas cando escoitamos o golpe: unha
of the / battlements / when / heard / the / blow / a

escaleira inglesa enganchara no bordo da
ladder / English / had hooked / into the / board / of the

muralla e un soldado de casco metálico subía
wall and a soldier of helmet mettalic went up

coma un demo.
like a devil

—Atrás! —berrou María, lanzando unha das pedras
Back shouted Maria launching one of the stones

directamente contra el. O home caeu cara atrás
directly against him The man fell face back

con un berro abafado.
with a shout muffled

Outro soldado inglés logrou agarrarse á
(An) other soldier English managed to hold on himself to the

beira e subiu. Eu, sen pensar, empurreino con
side and climbed I without to think pushed him with

toda a forza que tiña, e caeu ao baleiro
all the force that (I) had and (he) fell into the emptiness

cun xemido breve. María cravou a lanza no
with a groan short Maria nailed the lance in the
stuck spear

seguinte que asomou.
next (one) that appeared

—Isto non para —murmurou entre dentes.
This not stops (she) mumbled between teeth

Disparos de arcabuces fixeron saltar pedras xusto
Shots of arquebuses made jump stones just

ao noso carón. Un dos meus caldeiros rachou,
at the our side One of the my kettles cracked

salpicando aceite fervente contra o parapeto.
splashing oil boiling against the parapet

Escoitamos berros. Unha muller máis abaixo fora
(We) heard shouts A woman more down was

alcanzada. Os berros dun neno.
reached The shouts of a child

—Inés! Vén comigo! —díxome María—. Hai
Ines Comes with me told me Maria Has
There are

xente atrapada na escaleira vella!
people trapped on the stairs old

Corrín con ela, baixando os chanzos da torre
(I) ran with her descending the steps of the tower

ata unha rúa lateral que daba acceso á muralla
until a road lateral that gave access to the wall

interior. Unha muller berraba entre pedras e
interior A woman shouted between stones and

po: o seu fillo pequeno quedara atrapado detrás
dust the her son small remained trapped behind

dun carro derrubado. Os ingleses avanzaban desde
of a cart knocked down The English advanced from

o barrio vello, e xa se escoitaban botas
the quarter old and already itself (were) heard boots

na rúa próxima.
on the road next

—Collédeo! —berrou ela.
Collect him shouted she
 Get him

María ergueu o carro co peso da rabia. Eu
Maria raised the cart with the weight of the anger I

gateei ata o pequeno e arrastreino polos
crawled until to the small (one) and dragged him by the

ombreiros. Choraba baixiño, tremendo. Cando xa
shoulders (He) cried lowly trembling When already
softly

saía, unha dor aguda explotou na miña
(I) came out a pain sharp exploded in the my

perna dereita.
leg right

Caín sobre o rapaz.
(I) fell over the boy

—Inés! —berrou María.
Ines shouted Maria

—Estou ben —mentín, pero sentía como o sangue
(I) am well (I) lied but (I) felt like the blood

me mollaba a media.
me wetted the middle

Ela colleu o neno nos brazos, e a min, tirando
She caught the child in the arms and to me pulling

de min polo brazo, mentres eu intentaba non
of me by the arm while I tried not

berrar.
scream

Chegamos á escalinata da muralla. María
(We) arrived to the little stairs of the wall Maria

sentoume tras o parapeto. Eu víala dende o
sat down me behind the parapet I saw her from the

chan, entre néboa e dor. Ela apertaba os
ground between fog and pain She opened the

dentes, mirando cara Gregorio.
teeth watching face Gregorio
towards

Gregorio estaba preto da amea principal. Deu
Gregorio was close of the threat primary (He) gave

un paso fóra do parapeto, espada en man,
a step outside of the parapet sword in hand

defendendo o acceso. Nese momento, un oficial
defending the access In this moment an official

inglés apareceu, recortado contra o ceo escuro.
English appeared cut out against the sky dark

Levaba un abrigo de coiro vermello e un sable
(He) carried a coat of leather red and a sabre

largo.
wide

Gregorio enfrontouse a el sen esperar axuda.
Gregorio confronted himself to him without to await help

As súas espadas danzaron nunha sonata de metal,
The their swords danced in a sound of metal

faíscas, berros. María cravaba os dedos na pedra
sparks shouts Maria nailed the fingers in the stone
                        clenched

mentres vía a loita.
while (she) saw the fight

O oficial moveuse rápido, máis rápido do que
The official moved fast more fast of it that
                                                than

Gregorio esperaba. Unha estocada directa. Gregorio
Gregorio expected A stab direct Gregorio

retrocedeu, pero foi tarde. A folla entroulle
retreated   but   (it) was (too) late The blade entered him

baixo a costela.
low   at (the) rib

A súa espada caeu.
The his   sword   fell

—Gregorio! —berrou María.
Gregorio   shouted   Maria

El caeu de xeonllos, logo ao chan.
He   fell   of   knees   after to the ground
              on the

María non chorou.
Maria   not   cried

Non colleu aire.
Not   (she) caught air
      she gasped for breath

Non caeu.
Not   (she) fell

Só quedou de pé, mirando. E algo nela
Only (she) remained of   feet   watching And something in her
                  on the

cambiou.
changed

Fixen un esforzo por incorporarme. Vin como
(I) made an effort for to incorporate myself (I) saw how
to rise

ela collía con forza a súa lanza. Como
she grabbed with force -the- her spear How

subía ao parapeto sen protección, sen
(she) went up to the parapet without protection without

medo.
fear

O vento pareceu deterse.
The wind seemed to stop itself

A muralla vibraba co peso dos pasos. As
The wall vibrated with the weight of the steps The

pedras, cos ecos da morte. Pero María...
stones with the echoes of the death But Maria

María era viva. Era lume.
Maria was alive (She) was fire

E   eu,   sangrando,   souben   que   algo   máis
And   I   bleeding   (I) knew   that   something   more

comezara.
had begun

Capítulo 5 – Estandarte e Sangue

Chapter 5 - Standard and Blood

A muralla tremera baixo os pés de María coma
The wall trembed below the feet of Maria like

se a pedra mesma recoñecera a forza que
if the stone itself recognized the force that

ascendía por ela. As mans manchadas de
ascended through her The hands stained of

sangue, o cabelo enredado no fume e na
blood the hair tangled in the smoke and in the

suor, os ollos como brasas. Ela xa non era só
sweat the eyes like embers She already not was only

María Pita. Era algo máis vello e máis
Maria Pita (She) was something more old and more

poderoso ca calquera nome.
powerful than any name

Eu, deitada contra os sacos de area, co
I lying down against the sacks of sand with the

sangue filtrando pola perna e a visión turba
blood filtering by the leg and the vision blurred

pola dor, víaa como quen soña. A muralla
by the pain saw her like who dreams The wall

parecía máis alta, e ela máis grande, máis firme,
seemed more high and she more great more firm

máis temible.
more fearsome

O inglés que matara a Gregorio estaba
The Englishman who killed -to- Gregorio was

de pé no parapeito, ollando como María se
of foot on the parapet looking at how Maria herself
standing

lle achegaba. Semellaba dubidar en avanzar,
to him approached (He) seemed to doubt in to advance
to hesitate whether

e algo entre a incomprensión e o medo
and something between the incomprehension and the fear

escurecía os seus ollos. Tiña unha pluma negra
darkened -the- his eyes (He) had a feather black

no sombreiro e un brazalete dourado no
on the hat and a bracelet golden on the

brazo dereito. Alguén dixo que era irmán de
arm right Someone said that (he) was brother of

Francis Drake. Non sei se era certo. Pero o
Francis Drake Not (I) know if (it) was sure But the

seu sangue era tan vermello como o de calquera
his blood was so red as that of anyone

outro.
else

María colleu a lanza. Non a súa vella lanza
Maria grabbed the spear Not -the- her old spear

rachada, senón a da enseña do inglés.
cracked but to that of the banner of the Englishman

Unha peza longa, de madeira escura, cunha punta
A piece long of wood dark with a tip

afiada e recendente a sangue fresco, que
sharpened and fragrant to blood fresh, which

caera durante a loita con Gregorio. E
had fallen during the fight with Gregorio And

ergueuna sen dubidar.
(she) raised it without to doubt

—Este é polo Gregorio —dixo, case nun
This is for the Gregorio (she) said almost in a

murmuro que retumbou no meu peito como un
murmur that rumbled in -the- my breast like an

xuramento.
oath

E cravoulla no peito do inglés, xusto no
And (she) stuck it in the chest of the Englishman just in the

centro do corazón. Caeu sen ruído.
center of the heart (He) fell without sound

Na amea, o silencio durou medio alento.
In the battlement the silence lasted half (a) breath

Logo escoitouse un murmurio, como se a propia
After heard itself a murmur like if the itself

muralla suspirase. María deu un paso adiante.
wall sigh Maria gave a step ahead

Mirou abaixo.
(She) looked down

Os soldados ingleses vacilaban. Os seus oficiais
The soldiers English hesitated The their officials

gritaban en inglés, tratando de ordenar retirada
yelled in English trying of to order withdrawal

ou carga, non se sabía. Algunhas das escaleiras
or attack not oneself knew Some of the ladders

quedaran sen homes. Outras caeron, empurradas
remained without men Others fell pushed

por mans que agora volvían crer no imposible.
by hands that now returned to believe in the impossible

María subiu ao punto máis alto da amea,
Maria climbed to the point most tall of the battlement

co   estandarte   inglés   na   man   —a   bandeira
with the   standard   English   in the   hand   the   flag

caída   do   oficial   morto—,   e   espetouna   contra   a
fallen   of the   official   dead   and   snapped it   against   the

pedra   con   forza.
stone   with   force

—Quen   teña   honra...   que   me   siga!   —berrou,   e
Who   has   honor   that   me   follows   (she) shouted   and

a   súa   voz   rebentou   o   ceo.
-the-   her   voice   burst   the   sky

Foi   coma   unha   labarada.
(It) was   like   a   flame

Foi   coma   un   trono   de   ferro.
(It) was   like   a   thunder   of   iron

O   berro   esparexeuse   pola   muralla,   polas   rúas,
The   shout   scattered   by the   wall   by the   roads

polas   almas   da   cidade   enteira.
by the   souls   of the   city   entire

A xente reaccionou como se espertase dun
The people reacted as if woke up itself from a

soño sombrizo. Os homes volveron erguer as
dream shady The men returned raising the

espadas, os paus, os arcos. As mulleres volveron
swords the sticks the bows The women returned
(feet)

ás torres coas pedras. Mesmo vellos e
at the towers with the stones Even old people and

nenos collían caldeiros, paus, o que fose.
kids picked up kettles sticks it that (there) were

Na rúa de abaixo, os ingleses recuaban.
On the road of down the English retreated

Primeiro paso a paso. Logo correndo. Algúns
First step by step Then running Some

deixaban armas no chan. Outros gritaban aos
left weapons on the ground Others shouted to the

seus compañeiros que subiran. Un deles caeu,
their companions that had climbed One of them fell

alcanzado por unha frecha galega.
reached by an arrow Galician

María ergueu o brazo, sinalando.
Maria raised the arm signaling

—Empurrádeos! Botádeos fóra da nosa
Push them Throw out them outside of the our

cidade!
city

Non sei canto durou aquilo. Minutos. Quizais
Not know how much lasted that Minutes Maybe

unha eternidade comprimida nun latexo.
an eternity compressed in a heartbeat

Eu víao todo desde o chan, apoiada no muro,
I saw all from the ground rested on the wall

sangrando, demasiado débil para erguerme,
bleeding too weak for to raise myself

demasiado viva para pechar os ollos.
too alive for to close the eyes

Vía como o imposible se volvía real.
(I) saw how the impossible itself turned real

Vía como a rabia se convertía en liderado.
(I) saw how the anger itself converted in leadership

Vía como a dor se transformaba en forza.
(I) saw how the pain itself transformed in force

María xa non era só muller. Era símbolo.
Maria already not was only woman (She) was symbol

Era escudo. Era lanza. Era voz.
(She) was shield (She) was spear (She) was voice

E eu, Inés de Ben, ferida e cansa, choraba
And I Ines de Ben wounded and tired cried

sen facer ruído.
without to make (a) sound

Porque aquel berro —quen teña honra— era tamén
Because that shout who has honor was also

para min. Para todas. Para as que quedaran atrás
for me For all For those that remained back

71

cos fillos, para as que lavaban os mortos,
with the sons for those that washed the dead

para as que cosían vendas e tamén para as
for those that sewed bandages and also for those

que morreran coas mans baleiras e os ollos
that died with the hands empty and the eyes

abertos.
open

A praza enchíase de voces, de xúbilo tenso, de
The square filled itself of voices of jubilation tense of

ordes berradas e pasos que volvían aos postos.
orders shouted and steps that returned to the posts

Os corpos dos caídos enchían os recunchos da
The corpses of the fallen filled the corners of the

muralla. Había sangue por todas partes, pero
wall Had blood for all parts but
There was

tamén luz.
also light

Un rapaz achegouse a min.
A boy arrived himself to me

—Está viva! —berrou—. A curandeira está viva!
(She) is alive shouted The healer is alive

Unha muller máis vella achegouse con dúas sabas
A woman more old arrived herself with two sheets

e un cesto. Entre os dous axudáronme a
and a basket Between the two (they) helped me to

erguerme.
raise myself

—Non deixes de mirar —dixen eu, con voz
Not stop of to look said I with voice

quebrada, sinalando a María.
broken signaling to Maria

A vella segueu o meu dedo. E berrou
The old woman followed the my finger And shouted

tamén:
also

—Quen teña honra...!
Who   has   honor

E   outros responderon:
And   others   responded

—...que nos siga!
that   us follows

Capítulo 6 – A cidade resistida
Chapter 6 - The city resisted

O silencio despois do sangue era o máis
The silence after of the blood was the most

estraño.
strange

Non o silencio da morte —ese é frío e
Not the silence of the death this is cold and

ríxido—, senón o que vén xusto despois da
stiff but it that comes just after of the

furia, cando os corpos deixan de caer e as
fury when the corpses stop of to fall and the

armas calan. Era un silencio feito de fume, de
weapons are silent (It) was a silence made of smoke of

area, de cinza no vento.
sand of ash in the wind

Dende a muralla, María miraba a cidade baixa
From the wall Maria watched the city low

co rostro inmóbil. As escaleiras que minutos
with the face immobile The ladders that minutes

antes vibraban cos pasos da retirada agora
before vibrated with the steps of the withdrawal now

estaban baleiras. Os ingleses recuaban. Ninguén o
were empty The English retreated No one it

anunciara con claríns nin bandeiras brancas.
announced with bugles nor banners white

Simplemente, fuxían.
Simply (they) fled

Algúns incendiaban os galpóns ao pasar, noutro
Some burned the sheds at the to pass another
while passing

acto máis de rabia inútil. O fume mesturábase
act more of anger useless The smoke mixed itself

co da batalla. Parecía que A Coruña fora
with that of the battle (It) seemed that A Corunya was

tragada por unha nube escura.
swallowed by a cloud dark

—Van marchar —murmurou un soldado vello,
(They) go to walk off mumbled a soldier old

sentado contra a parede, cunha ferida aberta
sitting against the wall with a wound open

na perna—. Mira como corren. Non saben
in the leg Look how (they) run Not (they) know

onde están.
where (they) are

María non dixo nada. O seu corpo tiña o
Maria not said nothing The her body had the

cansazo dun día e dunha vida enteira. Tiña
fatigue of a day and of a life entire (She) had

sangue seco na gorxa e nas mans, e un
blood dry on the throat and on the hands and a

buraco no peito que ninguén vía pero que doía
hole in the breast that no one saw but that hurt

máis   ca   todos.
more   than   all

A   torre   de   Hércules,   alá   ao   lonxe,   fixo   soar
The   tower   of   Hercules   there   in the   distance   made   sound

o   seu   canón.   Un   último   disparo.   Cerimonial.   Ou
the   its   cannon   A   last   shot   Ceremonial   Or

vingativo.   Ninguén   o   soubo.   Pero   retumbou   no
vengeful   No one   it   knew   But   rumbled   in the

ceo   gris   coma   unha   declaración   final.
sky   gray   like   a   declaration   final

Cando   os   ingleses   desapareceron   entre   os
When   the   English   disappeareed   between   the

montes   e   as   praias   da   enseada,   comezou
mounts   and   the   beaches   of the   inlet   started

outro   tipo   de   movemento.   O   das   mulleres   e
(an)other   type   of   movement   That   of the   women   and

veciños   que   baixaban   das   murallas.
neighbors   that   descended   from the   walls

A   cidade   non   estaba   liberada.   Estaba   aberta,
The   city   not   was   liberated   (It) was open

ferida, exposta. Pero o inimigo marchara. E   iso
wounded exposed But   the enemy   had left   And this

era   algo   que   había   que   comprobar   coas
was   something that   (it) had that to check   with the

mans,   cos   ollos, cos   pés   na   terra.
hands   with the eyes   with the feet on the   ground

María   baixou   coas   primeiras.   Levaba   o
Maria   descended   with the   first ones   (She) carried the

estandarte inglés nun   brazo e   a   lanza manchada
standard   English in a   arm   and the spear bloodied

no   outro. Non falou.   Só   camiñou,   e   a
in the   other   Not (she) spoke Only walked   and the

xente   abríalle   paso   como a   un río   que   nunca
people opened her   (the) step as   to a   river that never

se   detén.
itself stops

Nas rúas, víanse cadáveres. Non só ingleses.
On the / roads / were seen / dead bodies / Not / only / English

Tamén homes da cidade. Veciños. Mozos.
Also / men / from the / city / Neighbors / Boys

Vellos. Mulleres cun coitelo cravado na man.
Old people / Women / with a / knife / clenched / in the / hand

Un rapaz morto coa funda dun tambor ao
A / boy / dead / with the / cover / of a / drum / on the

lombo. Non choraban. Non se queixaban.
back / Not / (they) cried / Not / if / (they) complained

Só estaban alí. Calados.
(They) only / were / there / Quiet

Algunhas mulleres pasaban de corpo en corpo,
Some / women / passed / from / body / in / body

pechando os ollos dos mortos. Outras buscaban
closing / the / eyes / of the / dead / Others / sought

familiares. Algunhas axudaban a rematar cos
familiars / Some / helped / to / finish off / with the
family

poucos soldados que aínda resistían atrapados en
few soldiers that still resisted trapped in

cantos e casas. Sen piedade. Sen xenreira.
corners and houses Without piety Without gender

Como un acto de hixiene.
As an act of hygiene

E nalgúns tellados, comezaron a erguerse
And on some roofs began to raise themselves

bandeiras coruñesas feitas con sabas brancas
flags Corunyesas made with sheets white
from A Corunya

tinguidas de sangue ou viño. Improvisadas, torpes,
tinted with blood or wine Improvised clumsy

pero ergueitas con orgullo. Un sinal para os
but raised with pride A signal to the

barcos no mar e para o mundo enteiro.
ships in the sea and to the world entire
entire world

Mentres a cidade contaba os seus mortos, eu
While the city counted -the- its dead I

apenas podía contar os meus latexos.
hardly   could   count   -the- my   heartbeats

Non lembro como me levaron. María díxome
Not (I) remember how me (they) took Maria told me

despois que foron dúas mulleres, irmás dunha
after that (there) were two women sisters of a

moza que caera loitando cun arpón. Eu tiña a
lass that fell fighting with a harpoon I had the

perna envolta nun pano e febre nas pálpebras.
leg wrapped in a cloth and fever in the eyelids

Entreabría os ollos, vía ceos grises e rostros
Between-opened the eyes (I) saw skies gray and faces
Half opened

borrados. Escoitaba voces que non comprendía.
erased Heard voices that not (I) understood
blurred

No convento de Santo Domingo, converteran as
In the convent of Santo Domingo (they) converted the

celas das monxas en salas de coidados. Había
cells of the nuns in halls of care Had
There were

pallas no chan, potas con auga quente, herbas
straws on the ground pots with water hot herbs

colgadas do lintel. E un balbordo baixo,
hung from the lintel And a commotion low

constante, feito de oracións, queixas e instrucións
constant made of prayers laments and instructions

murmuradas.
murmured

Non sabía canto tempo pasaba. Ás veces
Not (I) knew how much time passed At -the- times

vía a María sentada ao meu carón. Outras
(I) saw -the- Maria seated at -the- my side Others
Other

veces sentía que me collía a man. En
times (I) felt that me (she) grabbed the hand In

ocasións soñaba con ela loitando enriba da
occasions (I) dreamt, with her fighting on top of the

muralla. Outras, co meu pai na lareira,
wall Others with the my father in the fireplace

contándome contos mentres a chuvia caía fóra.
telling me stories while the rain fell outside

—Traga isto, Inés —dicía unha voz. Ela.
Swallow this Ines said a voice She

Algo quente baixaba pola miña gorxa.
Something hot lowered through -the- my throat

—Cambiaremos a venda agora. Aguanta.
(We) will change the bandage now Hold on

Logo volvía a escuridade.
After turned it became dark

Unha noite, ou unha madrugada, ou un día escuro,
One night or one morning or a day dark

xa non sei, abrín os ollos e a vin. Sentada
already not know (I) opened the eyes and it saw Seated

nun escano de madeira, cun candelabro aceso,
on a seat of wood with a candelabra lit

María miraba fixamente ao chan. Non tiña
Maria watched fixedly at the ground Not (she) had

feridas visibles, pero semellaba máis rota ca min.
wounds visible but (she) seemed more broken than me

—María... —dixen, cun fío de voz.
Maria (I) said with a thread of voice

Ela ergueu a cabeza. Non sorriu, pero os
She raised the head Not (she) smiled but -the-

seus ollos abrandaron.
her eyes slowed down

—Aí estás —dixo, achegándose e collendo a
There (you) are (she) said approaching and gathering -the-

miña man—. Crin que me ías deixar
my hand (I) believed that me (you) were going to let

soa.
alone

—Canto tempo...?
How much time

—Cinco días. Ou seis. Non sei. Xa todo é
Five days Or six Not (I) know Already all is

igual.
equal

—Gregorio...?
Gregorio

Ela baixou a mirada.
She lowered the look

—Marchou. Pero non fuxiu. Morreu loitando.
(He) walked But not (he) fled (He) died fighting

Quixen apertar a súa man, pero non tiña forza.
(I) wanted to press -the- her hand but not had force

—Ti non fuxiches tampouco —díxenlle.
You not fled neither (I) told her

Ela suspirou.
She sighed

—Non. Pero parte de min quedou alí con el.
No But part of me remained there with him

Calamos. Só se escoitaba o chascar da
(We) were quiet Only itself heard the crackling of the

cera do candil e os pasos suaves das monxas
wax of the candle and the steps soft of the nuns

na cociña próxima.
in the kitchen next

—Non sei se serviu de algo —murmurou
Not know if (it) served of something mumbled

ela—. Todo isto. Esta dor. Estes mortos. Non sei
she All this This pain These dead Not know

se gañamos ou só sobrevivimos.
if (we) won or only survived

—Resistimos —dixen eu—. E iso é máis do que
(We) resisted said I And this is more of it that
than

ninguén esperaba de nós.
no one expected from us
anyone

Ela miroume, e por primeira vez, vin nos seus
She looked at me and for (the) first time saw in the her

ollos unha bágoa que non caía. Só quedaba alí,
eyes a tear that not fell Only remained there

suspendida. María non choraba. Pero tamén non
suspended   Maria   not   cried   But   also   not

era   pedra.
(she) was   stone

—Ti tamén resistiches, Inés —dixo en voz baixa—.
You   also   resisted   Ines   (she) said   in   voice   low

Co   teu coitelo e   coas túas herbas.   Es
With the   your   knife   and   with the   your   herbs   (You) are

máis valente do que cres.
more   valiant   of it   that   (you) believe
        than

—E ti máis ferida do que mostras.
And   you   more   wounded   of it   that   (you) show
        than

Apertoume   a   man.
(She) pressed me   the   hand

—Durme —dixo—. Mañá   erguerémonos de novo.
Sleep   (she) said   Tomorrow   (we) raise ourselves   of   new
        again

Ao   día seguinte, ou quizais dous máis tarde,
At the   day   next   or   maybe   two   more   late
        later

xa   podía   sentarme.
already   (I) could   sit myself (up)

Pedín   que   me   levaran   ata   a   fiestra   do
(I) asked   that   me   (they) carried   to   the   window   of the

convento.   A   irmá   Pilar,   unha   monxa   nova   e   moi
convent   The   sister   Pilar   a   nun   new   and   very

tímida,   axudoume   con   delicadeza.   Abriu   a
timir   helped me   with   delicacy   (She) opened   the

contraventá,   e   o   vento   da   mañá   bateume
shutter   and   the   wind   of the   morning   struck me

na   cara   coma   unha   caricia   esquecida.
in the   face   like   a   caress   forgotten

Dende   alí,   vía   parte   do   porto.   Entre   as
From   there   (I) saw   part   of the   harbour   Between   the

brétemas   e   os   reflexos   da   auga,
fogs   and   the   reflections   of the   water

distinguíanse   puntos   escuros   movéndose
distinguished themselves   points   dark   moving themselves

cara ao   mar. As velas inglesas. Os últimos
face to the   sea The sails English The last
in the direction of the

navíos, afastándose   sen   gloria, coma fantasmas
ships   moving away   without glory   like   ghosts

fuxindo   da   súa propia culpa.
fleeing   of -the- their own   guilt

O   mar estaba tranquilo. Pero a terra... a terra
The sea was   tranquile   But the earth   the earth

estaba viva.
was   alive

Na   praza,   escoitábanse   voces de nenos.
In the   square   were heard themselves   voices of   kids

Nas rúas, o golpe de martelos reparando portas.
On the roads the blow of hammers   repairing   doors

Alguén cantaba, lonxe, unha cantiga de pan. E
Someone   sang   far   a   song   of bread And

unha muller gritaba o prezo das cebolas.
a   woman   shouted the price of the onions

Non era paz. Era vida. A vida que segue.
Not (it) was peace (It) was life The life that continues

A vida que resiste.
The life that resists

María entrou pouco despois. Traía pan fresco
Maria entered (a) little after (She) brought bread fresh

e un pouco de leite. Sentou ao meu
and a little of milk (She) sat down at -the- my

carón, sen falar. Compartimos o almorzo en
side without to talk (We) shared the breakfast in

silencio.
silence

Ao lonxe, os mastros dos barcos ingleses ían
In the distance the masts of the ships English went

desaparecendo detrás da curvatura do mar.
disappearing behind of the curve of the sea

Respirei fondo. Mirei cara a ela.
(I) breathed deeply (I) looked face to her

—A cidade non se salvou —dixen.
The   city   not   itself   saved   (I) said

Ela volveuse para min.
She turned herself   to   me

—Non?
No?

—Non —respondín—. Resistiu.
No,   (I) answered   (It) resisted

Capítulo 7 – A cidade de honra
Chapter 7 - The city of honor

A guerra deixara tras de si un silencio
The war left behind of itself a silence

espeso. Non era o mesmo que a paz.
thick Not was the same as the peace

Nas rúas, o son das marteladas competía
On the roads the sound of the hammerings competed

co dos salmos das misas. Cada mañá, os
with that of the psalms of the masses Each morning the

campaneiros da igrexa de Santiago tocaban por
bells of the church of Santiago rang for

novas almas perdidas, e os nomes líanse
new souls lost and the names read themselves / were read

en voz alta dende os púlpitos: homes, mulleres,
in voice high / loud from the pulpits men women

nenos.   Algúns   identificados,   outros   enterrados
kids   Some   identified   others   buried

sen   apelido.
without   name

No   barrio   da   Pescadería,   os   alpendres   ardidos
In the   quarter   of the   Fishing   the   sheds   burned

seguían   fumegando.   Algúns   veciños   durmían   ao
continued   smoking   Some   neighbors   slept   in the

aire   libre,   outros   acollíanse   entre   parentes.
air   free   others   welcomed themselves   between   family
                      were welcomed   with

As   casas   caídas   eran   máis   ca   paredes,   eran
The   houses   fallen   were   more   than   walls   (they) were

vidas   rotas.   Unha   vella   diante   dunha   xanela
lives   broken   An   old woman   in front   of a   window

sen   cristais   murmuraba   todas   as   tardes: "Por
without   glass   mumbled   all   the   afternoons   For

que   non   caín   eu,   e   non   o   meu   neto?"
what   not   fell   I   and   not   the   my   grandson

Comecei a camiñar de novo con bastón. O
(I) started to walk of new with stick The
again

convento de Santo Domingo non tiña camas
convent of Santo Domingo not had beds

dabondo para todos os feridos, así que moitos
enough for all the (the) wounded so that many

dos que aínda podiamos andar axudabamos
of those that still could walk helped
of us we helped

aos que non podían.
to those that not (they) could

Unha mañá acompañei a unha moza chamada
One morning (I) accompanied to a lass called

Clara a buscar o seu pai, un canteiro que
Clara to search -the- her father a stonemason that
who

non regresara dende a noite da retirada
not returned from the night of the withdrawal

inglesa. Atopámolo vivo, con febre, escondido nun
English (We) found him alive with fever hidden in a

celeiro medio derruído, abrazado a un saco de
cellar half destroyed embraced to a sack of

trigo.
wheat

—Deus... —murmurou Clara, chorando—. Pensaba
God mumbled Clara crying (I) thought

que morreras.
that (you) died

—E eu pensaba que soñaba —respondeu o
And I thought that (I) dreamt, answered the

vello—. Pero agora vexo que é verdade. A
old man But now (I) see that (it) is (the) truth The

cidade non caeu.
city not fell

Por toda A Coruña sucedían encontros coma
Through all A Corunya happened encounters like

ese, e outros que remataban en bágoas máis
this and others that finished in tears more

amargas. Familias que nunca se volverían
bitter Families that never themselves would return

xuntar. Nenos orfos. Mulleres cunha cadeira rota,
to join Kids orphaned Women with a hip broken

un brazo que xa non se movía, un corazón
an arm that already not itself moved a heart

baleiro.
empty

Mais entre toda esa ruína, algo ficaba en pé:
More between all that ruine something fixed in feet

a vontade. A vontade de erguer a cidade
the will The will of to raise the city

de novo. A vontade de seguir chamándolle casa.
of new The will of to follow calling it home
again

María ía pouco a pouco, sen dicir palabra.
Maria went little by little without to say (a) word

Ninguén a vía chorar. Eu tampouco. Pero todos
No one her saw cry I neither But all

a vían camiñar, cada mañá, ata o lugar
her (they) saw walk each morning until the place

onde caera Gregorio. Era unha esquina rota
where fell Gregorio (It) was a corner broken

da muralla interior, preto dun carro queimado
of the wall interior close of a cart burned

e unha vella columna romana caída. Ela quedaba
and an old column roman fallen She remained

alí, sentada sobre unha pedra, sen facer nada.
there seated over a stone without to do nothing

Só mirando.
Only watching

Ás veces collía unha pedra pequena e
At the times (she) grabbed a stone small and

deixábaa enriba doutra. Un xesto antigo. Outras,
left it on top of (an) other A gesture ancient Others
Other times

ficaba coa cabeza baixa, o cabelo tapándolle o
fixed with the head low the hair covering her the

rostro.
face

Non lle falaba a ninguén neses intres.
Not her spoke to no one in these intervals

Un día acompañeina. Sentamos xuntas.
One day (I) accompanied her (We) seated ourselves together

Non me dixo nada. Tampouco fixo falla.
Not me (she) said nothing Neither was (there) need

Cando se ergueu, deume a man sen
When herself (she) raised (she) gave me the hand without

forza, e camiñamos xuntas de volta á cidade.
force and (we) walked together of turn back to the city

Comezaban a chamarlle "a capitá". Primeiro
(We) started to call her the captain First

eran os nenos, xogando entre os cascallos:
(they) were the kids playing between the rubble

—¡Eu son María! ¡Eu son a capitá! ¡Ti es o
I am Maria I am the captain! You are the

inglés!
English

Despois   foron   as mulleres no mercado:
After   (there) were the   women   in the   market

—Pásame iso, María, capitá nosa.
Pass me   this   Maria   captain   ours

E   por último, os homes, algúns mesmo   da
And   for   last   the   men   some   same   of the

milicia, que baixaban a cabeza cando ela pasaba.
militia   that lowered   the   head   when   she   passed

Ela non respondía. Non   buscaba   título. Só
She   not   responded   Neither (she) searched for   title   Only

quería respirar   sen   afogarse.
wanted to breathe without to drown herself

A   audiencia chegou nunha   mañá   fría, máis
The   audience   arrived   on a   morning cold   more

dunha semana despois da   retirada inglesa.
than a   week   after   of the withdrawal English

A praza maior estaba máis ou menos limpa.
The square mayor was more or less clean

Quitáranse os restos das barricadas, e
Were removed the remains of the barricades and

colocárase unha tarima improvisada feita con
was placed a platform improvised made with

portas vellas e vigas dun almacén. Ao fondo,
doors old and beams of a warehouse At the back

penduraban dous estandartes: un co escudo de
hung two banners one with the shield of
flag

Castela, outro co escudo de armas da
Castile (the) other with the shield of weapons of the
flag

cidade.
city

Os coruñeses congregáronse a media
The people from Corunya congregated themselves at half
gathered

mañá, nun silencio respectuoso e estraño. Aínda
morning in a silence respectful and strange Still

non   sabían ben que esperar.
not (they) knew well what to await

A min chamáranme cedo.   "Tes   que   estar",
To me (they) called me early (You) have that to be (there)

dixéronme, "María non vai ir soa". Cando
(they) told me Maria not goes to go alone When

cheguei ao seu portal, estaba vestida co
(I) arrived at the her door (she) was dressed with the

traxe escuro que gardaba para os enterros. Sen
dress dark that (she) kept for the burials Without

adorno, sen sombreiro, sen medallas.
adornment without hat without medals

—Estás lista? —pregunteille.
Are (you) ready (I) asked her

—Non —respondeu.
No answered

—Vas ir igual, non si?
(You) go to go equal not yes
               anyway

—Si.
Yes

Camiñamos xuntas ata a praza. Á xente
(We) walked together until to the square The people

abríase paso sen berrar. Algúns dicían o
opened themselves step without to shout Some said the
the way

seu nome en voz baixa. Outros, simplemente
her name in voice low Others simply

apartábanse.
separated themselves

Na tarima agardaban tres homes con capas
On the platform waited three men with capes

longas e unha caixa dourada. Tiñan acento de
long and a box golden (They) have accent of

Toledo e caras de pouco sono.
Toledo and faces of little sleep

—María Mayor Fernández de Cámara e Pita?
Maria Mayor Fernandez of Camara and Pita

—preguntou o maior, alto e pálido, lendo dun
asked · the · oldest · tall · and · pale · reading · from a

pergamiño.
parchment

Ela subiu sen apuro. Non fixo reverencia.
She · climbed · without · rush · Not · made · reverence

—En nome do rei Felipe II —continuou o
In · name · of the · king · Felipe · II · continued · the

home—, a coroa concede a esta cidadá galega
man · the · crown · concedes · to · this · citizen · Galician

unha pensión vitalicia equivalente á dun
a · pension · for live · equivalent · to that · of a

capitán do exército, polos seus actos de
captain · of the · army · for the · her · acts · of

heroísmo e defensa da cidade da Coruña
heroism · and · defense · of the · city · of A · Corunya

ante a invasión da Armada inglesa.
before / in face of · the · invasion · of the · Armada · english

Abriu a caixa e mostrou unha carta selada
(He) opened the box and showed a letter sealed

cun lacre vermello.
with a seal red

—Esta é a orde real.
This is the order royal

María colleuna coas dúas mans. Manteña os ollos
Maria took it with the two hands (She) kept the eyes

no home, sen baixar a mirada, sen
on the man without to lower the look without

cambiar de expresión. Gardouna sen dicir
to change of expression (She) kept it without to say

palabra.
(a) word

O home fixo un aceno, esperando que ela
The man made a sign awaiting that she

respondera con algún xesto. María só baixou
responded with some gesture Maria only descended

da   tarima.
from the   platform

A   praza estalou.
The   square   exploded

Non   foi   un   aplauso   común.   Foi   un   ruído
Not   (it) was   an   applause   general   (It) was   a   sound

profundo, sincero, humano. Palmas, berros, bágoas,
deep   sincere   human   Claps   shouts   tears

nomes gritados   ao   ceo.
names   shouted   to the   sky

—María, María!
Maria   Maria

—Viva   a   nosa capitá!
(Long) live the   our   captain

—Que   viva   a   cidade!
That   (long) live the   city

Os nenos correron cara a ela con flores silvestres.
The   kids   ran   face to her with flowers   wild

Un deles púxolle unha coroa feita de xestas na
One of them put her a crown made of brushes on the

cabeza. Ela quitouna sen dureza e devolveulla
head She took it off without severity and returned it

con tenrura.
with tenderness

As campás tocaron. Todas. As da catedral,
The bells rang All Those of the cathedral

as da igrexa de San Xurxo, mesmo as
those of the church of San Jurjo even the

pequenas do convento. Unha cidade agradecida
small ones of the convent A city grateful

non precisa permiso para honrar á súa xente.
not specified permission for to honor to the her people

María chorou?
Maria cried

Non.
No

Pero os seus ollos estaban brillantes cando
But the her eyes were shining when

volveu xunto a min. Eu tiña un nó na
(she) returned together to me I had a knot in the

gorxa.
throat

—Poderías dicir algo —dixen.
(You) could say something (I) said

—Para que? —respondeu.
For what? (she) answered

—Non por eles. Por ti.
Not for them For you

Ela pensouno un intre.
She thought it a moment

—Non preciso palabras se a cidade entendeu os
Not necessary words if the city understood the

feitos.
deeds

A cidade, sen dúbida, entendéraos.
The city without doubt will understand

Dende aquel día, os queixumes comezaron a dar
From that day the laments began to give

paso á esperanza.
way to the hope

Os carpinteiros reuníronse para reconstruír o
The carpenters united themselves to reconstruct the

mercado. As mulleres arranxaron un alfolín para
market The women arranged a carpet for
stall

repartir os poucos alimentos que quedaban. Os
to share the few foods that remained The
For the

feridos facían xuntanzas para cantar ou ler
wounded were made meetings to sing or to read
were organized

en voz alta a quen non podía moverse.
in voice high to whom not could move themselves

Un día, axudei unha parella a pintar as paredes
One day (I) helped a couple to paint the walls

do   seu   fogar   ardido.   Unha   capa   de   cal   sobre   a
of the   their   home   burned   A   cape   of   lime   over   the

lembranza   da   morte.   Ao   rematar,   o   home
memory   of the   death   At the   finishing off   the   man

dixo: "Agora   xa   podemos   volver   chamar   isto
said   Now   already   (we) can   return   call   this
again

casa".
house
home

María   acompañábame   nas   camiñadas   curtas.   Non
Maria   accompanied me   on the   walks   short   Not

dicía   moito.   Pero   cada   vez   que   pasaba   por
(she) said   much   But   each   time   that   (she) passed   by

diante   dunha   porta   aberta,   alguén   a   chamaba.
in front   of a   door   open   someone   her   called

Con   respecto.   Con   gratitude.   Con   amor.
With   respect   With   gratitude   With   love

Ela   non   buscaba   fama.   Pero   a   fama   atopáraa
She   not   searched for   fame   But   the   fame   found her

igual.
equal
anyway

Na   última noite   dese   outono breve,   sentamos
In the   last   night   of this autumn   short   (we were) seated

xuntas nun   muro medio derrubado, ollando   os
together on a   wall   half   knocked down watching the

tellados   recuperados,   as   luces   que   volvían
roofs   repaired   the   lights that   returned

acenderse,   o   fume das   cociñas,   o   son   dun
to light themselves the smoke of the kitchens the sound of a
    to be lit

laúde nunha ventá.
lute   in a   window

Ela   colleume   a   man.   Sen   forza.   Sen
She   took (of) me the   hand Without force   Without

necesidade. Só   unha   man   quente que   atopaba
necessity   Only   a   hand warm   that   found

outra.
(an)other

E   pensei:
And   (I) thought

"Non   hai   honra   sen   perda.   Pero   que   fortuna
Not   has   honor   without   loss   But   what   fortune
       there is

sermos   testemuñas."
(that we) will be   witnesses

Capítulo 8 – Brisas do sur
Chapter 8 - Breezes from the South

Chegou cos primeiros días de abril, cando a
(It) arrived with the first days of April when the

luz do mar volvía reflectirse nas fachadas das
light of the sea turned to reflect itself in the facades of the

casas e as gaivotas tiñan outra vez a voz
houses and the seagulls (they) have other time the voice
again

limpa. A Coruña respiraba co peito cheo logo
clean A Corunya breathed with the breast full after
clear

de meses en tensión. E con ela, os barcos
of months in tension And with her the ships

regresaban ao porto coma paxaros á súa
returned to the harbour like birds to -the- their

rama.
branch

Aquel día estaba na horta do convento de
That day was in the garden of the convent of

Santo Domingo, recollendo flores de camomila para
Santo Domingo gathering flowers of chamomile for

unha muller que non podía durmir desde a morte
a woman who not could sleep from the death

do seu home. O convento, nos meses
of -the- her man The convent in the months

recentes, converterase nun lugar de curación e
recent converted itself in a place of healing and
was converted

consolo, e eu atopara nel un espazo onde
consolation and I found in it a space where

sentirme útil, malia a coxeira que me obrigaba
to feel myself useful despite the lameness that me obliged

a andar cun bastón de freixo.
to walk with a stick of ash (wood)

Mentres volvía cara á porta traseira, oíno
While (I) turned face to the door back (I) hear it

por primeira vez.
for (the) first time

—Perdón, señorita... o señor Domínguez, o
Pardon miss the Mr. Dominguez the

mestre do porto, está por aquí?
master of the harbour is for here

A voz era grave, cun acento sur que
The voice was serious with an accent south that

convertía cada sílaba nun pequeno arco. Mirei
converted each syllable in a small arch (I) looked

cara á porta. Era el.
face to the door (It) was him
towards the

Levaba un gabán curto de liño e un sombreiro
(He) carried an overcoat short of linen and a hat

escuro cunha cinta azul. A barba ben perfilada,
dark with a ribbon blue The chin well profiled

o rostro queimado polo sol. Os ollos escuros,
the face burned by the sun The eyes dark

tranquilos, coma se foran dous portos en calma.
calm / as / if / (they) were / two / ports / in / calm
havens / of peace

Non lle respondín. Só observei como unha das
Not / him / (I) answered / Only / (I) observed / as / one / of the

irmás lle indicaba o camiño. E antes de saír,
sisters / him / indicated / the / road / And / before / of / to get out

el mirou arredor... e mirou tamén cara a min.
he / looked / around / and / looked / also / face / to / me
towards

Souben despois, por unha das novizas, que
(I) knew / after / through / one / of the / novices / that

se chamaba Sancho de Arratia, un capitán
himself / (he) called / Sancho / of / Arratia / a / captain

andaluz de Utrera que chegaba co seu
Andalusian / from / Utrera / that / arrived / with the / his

bergantín, La Dulcinea, cargado de viño, aceite e
brig / The Sweetness / laden / of / wine / oil / and

canela.
cinnamon

Andaba buscando establecer relacións comerciais
(He) went searching to establish relations commercial

en Galicia. A guerra deixara moitos buratos
in Galicia The war left many holes

por onde se podían meter os dispostos. E
through where if (they) could put those willing And

Sancho era un deses homes silenciosos que
Sancho was one of these men silent that

falaban pouco e miraban moito.
talked little and watched much

María encontrouno dous días despois, no peirao.
Maria encountered him two days after on the pier

Ela viña de inspeccionar uns barrís de sal
She came of to inspect some barrels of salt

estragado que alguén tentara colocar como novos.
spoiled that someone tried to place like new

Sancho estaba a discutir, con educación pero
Sancho was to discuss with education but

firmeza, cun rapaz que non atopaba onde
firmness with a boy that not found where

descargar a mercadoría.
to unload the merchandise

—A quen debo pagar por usar esta rúa?
To whom must (I) pay for to use this road

—preguntaba el.
asked he

—Non é rúa, é peirao. Pero nesta cidade, a
Not (it) is road (it) is (a) pier But in this city the

rúa é de quen a limpa —respondeu María.
road is of whom it cleans answered Maria

Eu estaba detrás dela, apoiada no bastón,
I was behind of her rested on the stick

intentando non chamar a atención.
trying not call the attention

Sancho mirouna coma se acabara de escoitar
Sancho looked at her like if (he) finished of to hear

algo   importante.
something   important

—E vostede límpaa?
And   you   clean her

—A miúdo. Con palabras. E ás veces con lanza.
-At- often   With   words   And at the times with spear

El sorriu lixeiro.
He smiled   light

—Entón é quen manda aquí.
Then   is   who commands here
      you are

María non sorriu. Nin negou. Só respondeu:
Maria not smiled Neither denied Only answered

—Ás veces mando. Outras veces fago que os
At the times (I) command Others times (I) do what the

demais pensen que mandan.
others think that (they) order

E alí rematou a conversa.
And there ended the conversation

Pero o ton quedou no aire coma un perfume
But the tone remained in the air like a perfume

invisible.
invisible

Nos días seguintes, comezou a aparecer no
In the days following (he) started to appear in the

mercado. Preguntaba por figos secos, por aceite de
market (He) asked for dates dried for oil of

nabiza, por queixo de Arzúa. E, sen facer
turnip for cheese of Arzua And without to make

ruído, acababa sempre preguntando por María.
sound ended always asking for Maria
a fuss

—Sabe onde está a señora Pita? —preguntoume
(You) know where is the lady Pita (he) asked me

unha vez, sen disimulo.
one time without dissimulation
                hiding it

—Non son a súa secretaria —respondín.
Not (I) am -the- her secretary (I) answered

—Perdoe. Pensei que... é que sempre a vexo
Pardon me (I) thought that (it) is that always her (I) see

con vostede.
with you

—Pois hoxe non.
Then today not

Marchou sen ofenderse, cun aceno suave.
(He) walked (off) without to offend himself with a sign soft
to be offended gesture gentle

E uns pasos deses que non fan eco, pero que
And some steps of those that not make echo but that

quedan no recordo.
remain in the memory

A verdade é que María tamén comezaba a
The truth is that Maria also started to

buscarlle a el. Non me dicía nada. Pero sabíao.
search him to him Not me said nothing But (I) knew

Sabíao pola maneira en que collía o pelo
(I) knew by the manner in that (she) caught the hair

detrás da orella cando baixabamos ao
behind of the ear when (we) went down to the

mercado. Pola maneira en que ulía o pan,
market By the manner in that smelled the bread

coma se esperase atopar nel algo máis
as if expected herself to meet into it something more

que fariña e lavadura.
than flour and yeast

E un día, entre os postos de laranxas e
And one day between the stands of oranges and

sardiñas, alí estaba el, coa súa camisa branca
sardines there was he with the his shirt white

e un sombreiro novo. María pasou por diante
and a hat new Maria passed for in front

coma se non o vira. Pero logo, de súpeto,
as if not him (she) saw But after of sudden

volveu sobre os seus pasos.
returned over the her steps

—Tendes viño de Montilla? —preguntoulle, sen
(You) have wine of Montilla (she) asked him without

contexto.
context

—Traerei na próxima viaxe —dixo el,
(I) will bring (it) in the next trip said he

sorrindo—. E unha caixa de marmelo para
smiling And a box of quince for

vostede.
you

—Gústame máis o marmelo que os homes
Please me more the quince than the men

andaluces.
Andalusian

—Dáse a casualidade de que a min tamén.
Gives itself the coincidence of that to me also

E logo, riron. Riron os dous.
And after (they) laughed (They) laughed the two

Eu... mirei.
I   looked

E   non me atrevo a dicir que sentín celos.   Non
And not me dared   to say   that (I) felt jealousies Not

era   iso.
(it) was this

Era   outra   cousa.
(It) was (an)other thing

Unha estraña mestura de admiración e   envexa.
A   strange   mix   of admiration and envy

Unha punzada de saber que o   mundo movíase,
A   prick   of to know that the world moved itself

e   que algunhas persoas tiñan a   sorte —ou
and that some   persons (they) have the luck or

a   coraxe— de deixarse levar polo vento.
the courage of to let themselves take by the wind

Aí   foi   cando comecei a pensar no meu
There (it) was when   (I) started to think on the my

propio pretendente. Non falara del antes
own   suitor   Not   (I) talked   of him   before

porque, probablemente, iso xa era un sinal.
because   probably   this already was a signal

Chamábase Antón. Fillo dun tendeiro da rúa
Was called   Anton   Son of a shopkeeper of the road

Real. Estudara algo de contas con frades en
Royal   (He) studied something of accounts with friars in

Betanzos. Era amable. Cortés. Puntual.
Betanzos   (He) was kind Courteous Punctual

Lembraba o meu aniversario e traía flores de
Remembered the my anniversary and brought flowers of

camiño.
road

Antes da guerra, faláramos de casar. A
Before of the war (we) would speak of to marry The

miña avoa estaba encantada. Dicía que
my grandmother was enchanted (She) said that

era   un   rapaz   "serio".   Como   se   iso   fose   un
(he) was   a   boy   serious   As   if   this   was   a

eloxio.
praise

Durante   os   meses   seguintes   á   batalla,   Antón
During   the months   following to the battle   Anton

volveu   verme.   Axudoume   cunha   nova   cadeira,
returned to see me (He) helped me with a   new   chair

acompañoume   á   igrexa   dúas   veces,   levábame
accompanied me to the church two   times   brought me

mazás   ou   xarope.
apples   or   syrup

Pero   falar   con   el   era   como   empurrar   unha
But   to talk with him was like   to push   a

carroza   con   rodas   cadradas.   Sempre   as   mesmas
cart   with wheels   square   Always   the   same

frases.   As   mesmas   preguntas.   Os   mesmos
sentences The   same   questions   The   same

consellos:
advices

—Tes   que descansar máis.
(You) have that   rest   more
   You must

—Non fagas tanto por outros.
Not   do   so much for   others

—Co   tempo todo cura.
With the time   all   heals

Co   tempo, si.
With the   time   yes

Cura... ou consume.
Heals   or consumes

Mentres tanto, María florecía.
While   as much Maria bloomed
  meanwhile

Nunca a   vira rir tanto. E non só   co
Never her (I) saw laugh so much And not only with the

corpo, senón co   rostro enteiro, cos ollos,
body   but with the face   whole   with the eyes

coas cellas, cos dedos. Cando falaba con
with the eyebrows with the fingers When (she) spoke with

Sancho, inclinaba lixeiramente a cabeza coma se
Sancho (she) inclined lightly the head like if

quixese escoitar máis fondo do que el dicía.
(she) would like to hear more deep of it that he said

Un día vin como el lle entregaba un pano de
One day (I) saw how he her gave a cloth of

seda azul escura. Dixéralle que era de
silk blue dark (He) had told her that (it) was from

Granada. María colleuno sen palabras, e
Granada Maria took it without words and

gardouno entre as sabas do mercado.
kept it between the sheets of the market

Ela falábame menos agora. Non porque xa non
She talked to me less now Not because already not

me quixese, senón porque había outra música
me (she) liked but because had (an)other music
there was

soando nela. E ás veces, os silencios tamén
sounding in her And at the times the silences also

son formas de amor.
are forms of love

Eu seguía a curar xente. A preparar infusións. A
I continued to heal people To prepare infusions To

asistir partos.
assist at births

Pero todo semellaba rutina.
But all seemed routine

As herbas, os corpos, os choros, os berros... todo
The herbs the corpses the crying the shouts all

tiña sabor a repetido. A cidade recuperábase, si.
had taste of repetition The city repaired itself yes

Mais eu... eu non sabía que quería recuperar. Nin
But I I not knew what (I) wanted to recover Nor

sequera se quería quedar.
even if (I) wanted to stay

Unha tarde no convento, mentres axudaba
One afternoon in the convent while (I) helped

cun parto difícil, mirei o rostro da rapaza que
with a birth difficult (I) saw the face of the girl that

empurraba entre berros. Era nova, non máis
pushed between shouts (She) was young not more

de dezasete anos. Choraba, pero tamén sorría. E
than seventeen years (She) cried but also smiled And

eu pensei: "Ela xa está vivindo outra cousa.
I thought She already is living (an)other thing

Algo novo."
Something new

Ao saír, sentinme estraña. Non triste. Só
At the to get out (I) felt myself strange Not sad Only

allea. Fóra do tempo.
alien Outside of the time

Quedei soa no claustro, sentada no banco de
(I) stayed alone in the cloister seated on the bench of

pedra,   coas   mans   no   colo.   A   luz   filtrábase
stone   with the   hands   in the   collar   The   light   filtered itself
neck

entre   as   columnas   e   as   sombras   bailaban   coma
between   the   columns   and   the   shadows   danced   like

paxaros   cativos.
birds   naughty

E   pensei   en   María.   En   Sancho.   Na   súa
And   (I) thought   of   Maria   Of   Sancho   On the   his

conversa   sobre   mapas   e   ceos   e   mares.
conversation   about   maps   and   skies   and   seas

O   mundo   movíase.
The   world   moved itself

María,   tamén.
Maria   also

Eu   sentíame   coma   un   farol   apagado   entre   ventos
I   felt myself   like   a   lantern   unlit   between   winds

novos.
new

131

Capítulo 9 – Mareas interiores
Chapter 9 - Seas interior (Seas inside)

Os días alongábanse e os paxaros
The days lengthened themselves and the birds

regresaban ás figueiras que sobreviviran á
returned to the fig trees that survived to the

tormenta. A cidade ía recuperando o seu
torment The city went recuperating -the- its

pulso a pequenas bocaladas. A paz non era
pulse at small mouthfuls The peace not was

perfecta, pero a rutina tiña unha beleza
perfect but the routine had a beautiful

silenciosa. As pedras das rúas xa non estaban
silence The stones of the roads already not were

cubertas de sangue, senón de po, de restos de
covered of blood but of dust of remains of

madeira, de flores caídas. Todo ía ocupando de
wood of flowers fallen All went occupying a-

novo o seu lugar.
gain -the- their place

Menos eu.
Less I
Apart fromme

A miña perna, aínda algo ríxida, xa
-The- my leg although still somewhat rigid already

non precisaba bastón. Mais a miña alma
not needed stick But -the- my soul

arrastraba outra clase de coxeira, menos visible
incited (an)other class of lameness less visible

e máis profunda. Pasaban as horas e eu facía o
and more deep Passed the hours and I did it

que tiña que facer: mesturar bálsamos, visitar
that (I) had to do mix balms visit

vellas, ensinar ás novizas os usos da lavanda.
old people teach to the novices the uses of the lavender

Mais dentro, todo era brétema.
But of inside all was mist

Foi durante esas semanas que María comezou a
(It) was during these weeks that Maria started to

deixar de ser simplemente María.
stop of to be simply Maria

Ela cambiara. Non dramaticamente, nin de golpe.
She changed Not dramatically nor of blow
suddenly

Pero había nela unha luz nova, unha chama
But had in her a light new a call
there was

suave que lle nacía de dentro e que mesmo
soft that her was born from (the) inside and that even

a súa maneira de camiñar reflectía.
-the- her manner of walk reflected

Unha tarde, volvía eu do barrio alto e vin
One afternoon returned I from the quarter high and saw

aos dous: María e Sancho.
to the two Maria and Sancho

Estaban sentados no muro do peirao vello.
(They) were seated on the wall of the pier old

O mar tiña ese ton dourado que ás veces
The sea had this tone golden that at the times

aparece xusto antes do solpor. Ela falaba e
appears just before of the sunset She spoke and

ría, e el mirábaa coma quen mira unha
(she) laughed and he looked at her like who looks at a

constelación. Ao redor, había nenos xogando
constellation At the environs had kids playing
there were

con cordas, e un peixeiro que berraba o prezo
with ropes and a fishmonger who shouted the price

das sardiñas. Todo parecía normal.
of the sardines All seemed normal

Pero aquilo non era normal. Aquilo era outra
But that not was normal That was (an)other

cousa.
thing

Ela levaba o pano azul escuro arredor do
She wore the cloth blue dark around of the

pescozo, e el tiña nas mans unha bolsa de
neck and he had in the hands a pouch of

coiro pequena que ela ía abrir. Dentro había
leather small that she went opening Of inside had
there was

un anel simple, de prata, sen pedra. María
a ring simple of silver without stone Maria

quedou mirándoo un momento, e logo, sen
remained looking at it a moment and after without

palabras, púxoo no dedo.
words put it on the finger

Esa noite ceei soa.
That night (I) ate alone

A rapaza coa que compartía fogar temporal
The girl with it that (I) shared home temporary
with whom

no convento —Sabela, unha viúva nova— estaba
in the convent Sabela, a widow new was

ausente, asistindo á súa irmá nun parto.
absent assisting to -the- her sister in a birth

Paseei polo claustro, escoitando os pasos das
(I) passed by the cloister hearing the steps of the

outras mulleres, os salmos distantes da capela,
other women the psalms distant of the chapel

o borboroto da fonte central.
the murmuring of the fountain central

Á mañá seguinte, fun entregar herbas ao
At the morning next (I) went to deliver herbs to the

mercado. Antón, o meu pretendente, estaba
market Anton -the- my suitor was

agardando con dúas mazás vermellas e unha
waiting with two apples red and a

mirada de ilusión.
look of illusion

—Estiven pensando... —dixo, mentres
(I) was thinking (he) said while
I've been

camiñabamos—. Quizais agora que todo mellora
(we) walked / Maybe / now / that / everything / improved

un pouco, poderiamos falar do noso. Daquela
a / little / (we) could / talk / of the / ours / Of that

promesa. Recordas?
promise / Do (you) remember?

Recordaba, si. Recordaba cada palabra, cada
(I) remembered / yes / (I) remembered / each / word / each

mirada, cada idea que compartíramos antes da
look / each / idea / that / (we) shared / before / of the

guerra. A súa voz era suave, e o seu
war / -The- / his / voice / was / soft / and / -the- / his

rostro transmitía paz. Era un home bo. E
face / transmitted / peace / (He) was / a / man / good / And

durante anos pensei que esa era a única
during / years / (I) thought / that / that / was / the / only

calidade que debía pedir.
quality / that / (one) should / ask for

—Antón... —comecei.
Anton   (I) started

—Non ten que ser agora —apresurouse el—. Só
Not has that to be now hastened himself he Only

quería saber se... se o teu corazón segue
(I) wanted to know if if -the- your heart continues

no mesmo sitio.
in the same place

Mireino. E entón souben, con claridade, que
(I) looked at him And then (I) knew with clarity that

o meu corazón non estaba en ningures. Non
-the- my heart not was in nowhere / in any place Not

estaba con el. Non estaba en María. Non estaba
(it) was with him Not (it) was in Maria Not was

na cidade.
in the city

—Síntoo —díxenlle, con suavidade—. Hai moitas
(I) am sorry (I) told her with gentleness Has / There are many

cousas boas en ti. Pero eu agora... estou noutro
things good in you But I now (I) am in another

lugar.
place

Antón baixou a mirada. A súa man apertou
Anton lowered the look -The- his hand pressed

máis forte as mazás.
more strong the apples

—É por outro?
Is (it) for (an)other

—Non —respondo, honestamente—. É por min.
No (I) responded honest (It) is for me

Non chorou, nin se enfadou. Só asentiu, e
Not (he) cried nor himself angered Only nodded and

marchou, coma quen acepta unha derrota
walked like (someone) who accepts a loss

sen comprender ben o motivo.
without to understand well the motive

E eu quedei quieta, vendo como se
And I stayed quiet seeing how himself

afastaba, e pensando que esa tristura que lle
(he) moved away and thinking that that sadness that him

deixaba era, dalgún xeito, tamén miña.
(I) left (with) was from some way also mine

María casou con Sancho no mes de maio, na
Maria married with Sancho in the month of May in the

igrexa de San Nicolás. Foi unha cerimonia
church of San Nicholas (It) was a ceremony

pequena, só cos achegados. Non quixo
small only with the close ones Not (she) wanted

gran festa nin trompetas. Levaba un vestido de
(a) large feast nor trumpets (She) carried a dress of

liño claro e o pano azul convertido en faixa.
linen clear and the cloth blue converted in belt
sash

Durante a misa, sentinme estrañamente fóra de
During the mass (I) felt myself strangely out of

lugar. Aínda que estaba alí por ela, e sentía
place Still that was there for her and (I) felt

verdadeira alegría por vela feliz, algo
true happiness for seeing her happy something

dentro de min me dicía que xa non pertencía
of inside of me me said that already not (I) belonged

ao mesmo círculo. Estaba presente, si. Pero
to the same circle (She) was present yes But

era coma un convidado que ninguén lembraba
(she) was like a guest that no one remembered

ter convidado.
to have invited

Na recepción, Sancho fixo un brinde curto.
On the reception Sancho made a toast short

Falou de María como quen describe un
(He) spoke of Maria as (someone) who describes a

faro: firme, brillante, guía entre treboadas.
beacon firm shining guide between thunderstorms

143

Ela limitouse a darlle a man e miralo aos
She limited herself to give him the hand and looked him in the

ollos. E naquel xesto, houbo máis amor do que
eyes And in that gesture had more love of it that
there was than

en cen poemas.
in hundred poems

Días despois, axudei cun parto particularmente
Days after (I) helped with a birth particularly

duro. A moza, chamada Luz, tiña dezasete anos
hard The lass called Light had seventeen years

e unha historia de maltrato detrás. O neno
and a history of abuse behind The child

saíu morado, sen chorar, e durante longos
came out purple without to cry and during long

segundos todas retivemos a respiración. Logo, de
seconds all (we) retained the breath After of

súpeto, berrou. E ese son, agudo e forte,
sudden (it) cried And this sound shrill and strong

encheu o convento como unha trompeta de
filled the convent like a trumpet of

esperanza.
hope

Cando rematamos e todo estaba en calma,
When (we) finished and all was in calm

senteime no claustro cunha cunca de auga con
(I) sat myself in the cloister with a bowl of water with

limón. Sabela achegouse e díxome:
lemon Sabela arrived herself and told me

—Sabes, deberías ser comadroa. Pero das
(You) know (you) should be midwife But of the

viaxeiras. Das que van de vila en vila.
traveling (kind) Of those that go from village in village

—Iso é un oficio?
This is a job

—É unha vida.
(It) is a life

Quedei pensando niso. Unha vida. Un oficio. Un
(I) stayed thinking in that A life A job A

camiño que non estivese ligado a ningún home, a
road that not was-itself tied to no man to

ningún lugar, a ningunha promesa sen lume.
no place to no promise without fire

Unha tarde, collín as poucas cousas que tiña
One afternoon (I) picked the little things that (I) had

e fun visitar á miña avoa, que vivía nos
and went to visit to the- my grandmother that/who lived on the

límites da cidade. Había tempo que non
limits of the city Had time that not
edge It had been some

falabamos con calma. Cando entrei, estaba
(we) spoke with calm/peace When (I) entered (she) was

a remendar unha saia.
to mend/mending a skirt

—Benvida, nena —dixo, sen erguer os ollos—.
Welcome girl (she) said without raising the eyes

Xa   era   hora de que te lembraras de min.
Already (it) was hour of that you will remember of me

—Estiven ocupada —respondín, sorrindo.
(I) was   occupied   (I) answered   smiling

—Ocupa o corpo, pero non o corazón. E o
Occupy   the body   but   not the heart And -the-

teu corazón está algo perdido, ou equivócome?
your heart   is somewhat lost or am I mistaken?

Senteime a carón da lareira. O lume chispeaba,
(I) sat myself at side of the fireplace The fire sparked

coma sempre. A súa casa seguía ulindo a
like   always The her house continued smelling to

herbas, a cera, a pan do día anterior.
herbs to wax to bread of the day before

—Non sei onde ir —confesei.
Not (I) know where to go (I) confessed

—Entón vai onde non saibas. A sorpresa é a
Then   go where not (you) know The surprise is the

única   medicina   que   non   caduca.
only   medicine   that not   expires

—E   se   me   perdo?
And if   me   (I) loose

—Alégrate.   Significa que   deixaches   algo   atrás.
Rejoice yourself (It) means that (you) leave   something behind

Uns   días   despois,   vin   a   Sancho   cargando
Some   days   after   (I) saw the   Sancho   carrying

mercadorías   no   La   Dulcinea. María   estaba   alí,
merchandises   into the   The   Sweetness Maria   was   there

axudando   con   contas,   organizando caixas,   dando
helping   with   accounts   organizing   chests   giving

ordes   a   homes   que   a   trataban   con   respecto   e
orders   to   men   that   her   treated   with   respect   and

humor.   Ela   parecía   feliz.   Tranquila.   Como   alguén
humor   She   seemed   happy   Calm   Like   someone

que,   despois   de   moito   camiñar,   atopara   un   lugar
who   after   of   much   to walk   found   a   place

para pousar a   alma.
for   to repose the   soul

Quedei un   intre observando dende a   muralla.
(I) stayed a   moment observing   from the   wall

Aquela non era a María da lanza e   da furia.
That   not was the Maria of the spear and of the fury

Era   a   María da   paz,   da   construción.   A
(It) was the   Maria of the peace of the   construction   The

María muller, compañeira, riso contido e   mirada
Maria woman   companion   laugh content and look

de futuro.
of   future

E   eu... sentíame lonxe de todo iso.
And I   felt myself   far from all   this

Non era envexa. Era   outra cousa.
Not (it) was envy   (It) was (an)other thing

Era   sede.
(It) was thirst

Sede de algo novo. De camiños sen nome.
Thirst of something new Of roads without name

De horizontes sen destino. Sede de sal.
Of horizons without destiny Thirst of salt

Camiñei ata o alto do barrio de San Xoán e
(I) walked until the height of the quarter of San Xoan and

senteime a ollar o mar. As velas do La
seated myself to eye the sea The sails of the The

Dulcinea movíanse lixeiras, aínda amarradas.
Sweetness moved themselves lightly still tied up

Un grupo de rapaces xogaba cunha roda. Un can
A group of boys played with a wheel A dog

perseguía unha sombra.
chased a shadow

Pechei os ollos.
(I) closed the eyes

Respirei.
(I) breathed

E   vinme... marchando.
And   saw myself   walking

Non   sabía   cara   a   onde.
Not   (I) knew   face   to   where
                    in what direction

Pero   sabía   que   non   era   aquí.
But   (I) knew   that   not   (it) was   here

Quizais   fora   cedo   para   decidir.
Maybe   (it) was   (too) early   to   decide

Pero   era   tarde   para   seguir   calada.
But   (it) was   (too) late   to   continue   be silent

E   sentín, por   primeira   vez   en   meses,   unha   luz
And   (I) felt   for   (the) first   time   in   months   a   light

pequena   no   peito. Unha   estrela   mínima,   que
small   in the   chest   A   star   minimal   that

talvez   era   só   miña.
maybe   was   only   mine

"Ela   atopou   onde   ancorar.   Eu,   en   cambio,   só
She   found   where   to anchor   I   in   change   only

escoito   o   mar   chamando   por   min."
listened to   the   sea   calling   for   me

Capítulo 10 – A muller de negro
Chapter 10 - The woman in black

A   cidade   celebraba.
The   city   celebrated

Aquelas   festas   pequenas   que   nacen   da
Those   feasts   small   that   birthed   from the
                                      grew

necesidade   de   esquecer,   de   espantar   a   dor
necessity   of   to forget   of   to scare (away)   the   pain

co   viño   novo   e   o   pan   quente.   Era   a
with the   wine   new   and   the   bread   hot   (it) was   the

romaría   das   Candeas,   un   vello   costume   revivido
pilgrimage   of the   Candeas   an   old   habit   revived

polas   mulleres   do   mercado.   Ao   longo   da   rúa
by the   women   of the   market   At the   length   of the   road

Real,   colgaban   tiras   de   tecido   branco   entre
Royal   (they) hung   strips   of   fabric   white   between

balcóns, e nas prazas ardían pequenos fogos
balconies and in the squares burned small fires

rodeados de bancos. Había gaitas, voces altas,
surrounded of benches Had bagpipes voices high
                     There were

e meniños correndo coa cara lambida de mel.
and boys running with the face smeared of honey

María fora das primeiras en colaborar. Ela e
Maria was of the first in to collaborate She and
                       to help out

Sancho doaron barrís de viño de Montilla e unha
Sancho donated barrels of wine of Montilla and a

pequena carga de améndoas que ninguén se
small load of almonds that no one if

explicaba como chegara ata alí. A súa casa,
explained how arrived until there The her house

agora un fogar compartido con mapas e especias,
now a home shared with maps and spices

enchérase de xente pola tarde. Había risos
filled up itself of people by the afternoon Had laughters
                     There were

sinceros nas escaleiras. Lume na lareira. Luz
sincere on the staircases Fire in the fireplace Light

na súa ollada.
in the her glance

Pola mañá, axudara eu a recoller herbas para
By the morning (had) helped I to gather herbs to

decorar os arcos da praza vella. Un grupo de
decorate the arches of the square old A group of

rapazas cantaba mentres entrelazaban fiúnchos e
boys sang while (they) intertwined fennels and

margaridas, e unhas nenas facían trenzas con
daisies and some children made braids with

lavanda. Estaba alí con elas, pero sentíame ao
lavender (I) was there with them but felt myself at the

mesmo tempo lonxe, coma se a miña alma
same time far away like if -the- my soul

xa estivese noutra parte.
already was-itself in (an) other part

Cando chegou a noite, a festa prendía por
When arrived the night the feast lit through

toda A Coruña. As campás repenicaban para
all A Corunya The bells resounded for

marcar o comezo do baile, e na praza da
to mark the start of the dance and in the square of the

Pescadería xa soaban gaitas e pandeiros. As
Fishing already sounded bagpipes and tambourines The

xentes brindaban por "un ano de paz" mentres os
people toasted for a year of peace while the

músicos tocaban unha muiñeira que facía tremer
musicians played a mill dance that made tremble

as madeiras dos tellados.
the woods of the roofs
beams

María bailaba.
Maria danced

Si, bailaba.
Yes (she) danced

Co corpo erguido e os brazos lixeiros,
With the body erect and the arms light

xirando baixo as lanternas coma se volvera
gyrating under the lanterns like if (she) returned

ter vinte anos. Sancho ría tras dela, os
to have twenty years Sancho laughed behind of her -the-

seus dedos buscando a súa cintura coa
his fingers searching -the- her belt with the

confianza de quen ten porto. Bailaban
trust of (someone) who has harbour (They) danced
is home

ben. Bailaban como quen se entende sen
well Danced as who oneself understands without

palabras.
words

Eu víaa desde a sombra dunha arcada, medio
I saw her from the shadow of a arcade half
darkness

agochada, cun sorriso torcido nos beizos e os
hidden with a smile twisted on the lips and the

brazos cruzados. Non era envexa. Era outra
arms crossed Not (it) was envy (It) was (an)other

cousa. Era a conciencia, clara como un latexo,
thing (It) was the conscience clear like a heartbeat

de que xa non pertencía a esa vida.
of that already not (I) belonged to that life

Cando a música rematou e os brindes se
When the music ended and the toasts themselves

repetían por terceira vez, desliceime entre os
repeated for third time (I) slipped myself between the

convidados e saín sen ruído. Deixei atrás os
guests and (I) left without sound (I) left behind the

risos, o lume, o viño. Levei comigo só o
laughters the fire the wine (I) took with me only the

silencio.
silence

Na rúa do convento, despedinme de Sabela
On the road of the convent (I) parted myself of Sabela,
I said goodbye to

cun aceno e deixei unha cesta de herbas na
with a nod and (I) left a basket of herbs on the

porta da enfermería. Ao pasar polo
door of the hospital At the passing through the

mercado, xa sen postos, collín o pano
market already without stands (I) picked the cloth
I pulled together

que me cubriría os ombreiros. A noite era
that me covered the shoulders The night was

morna para ser primavera, pero a brisa do
lukewarm for to be spring but the breeze of the

mar sempre levaba consigo algo de sal e
sea always carried with itself something of salt and

lembranza.
memory

Fun cara á muralla.
(I) went face to the wall

Os pasos soaban suaves sobre a pedra. A
The steps sounded soft over the stone The

cidade, vista desde arriba, tiña luz. Luces humanas:
city   seen   from   up   had light   Lights   human

faroliños de aceite, fogueiras nas prazas, velas
little lanterns of   oil   bonfires in the squares candles

nas fiestras. Toda ela brillaba coma unha froita
in the windows All   she   shone   like   a   fruit
      of her

madura ao pé do océano.
ripe at the feet of the ocean

A lúa estaba media. Finísima. Unha lanza curva
The moon was   half   Very fine   A   spear curved

no ceo escuro.
in the sky dark

Camiñaba soa, pero sentíame acompañada por
(I) walked alone but felt myself accompanied by

todo o que vivira. Levaba un manto fino sobre
all it that (I had) lived (I) wore a mantle fine over

os ombreiros, e na cintura, o cinto con
the shoulders and on the (the) belt the belt with

algunhas ferramentas médicas: un coitelo de corte,
some — tools — medical — a — knife — of — cutting

unha fiada de fíos, aceites de árnica. Na bolsa
a — yarn — of — threads — oils — of — arnica — In the — pouch

pequena, ían tamén un par de libros, unhas cartas
small — went — also — a — pair — of — books — some — letters

sen remitir, e un pano de miña avoa
without — to send — and — a — cloth — of — my — grandmother
unsent — — — — handkerchief

co bordado de sempre: "as feridas abren
with the — embroidery — of — always — the — wounds — open

camiños".
roads

Non sabía onde ía exactamente. Quizais só
Not — (I) knew — where — (I) went — exactly — Maybe — only

ía dicirlle adeus ao mar.
(I) went — to tell him — goodbye — to the — sea

Foi ao dobrar unha esquina da muralla
(It) was — at the — folding — a — corner — of the — wall
— — turning

costeira   que o sentín.
(of the) coast   that   it   (I) felt

Non   foi   un ruído.   Nin   un cheiro.   Foi   unha
Not   (it) was   a   sound   Neither   a   smell   (It) was   a

presenza, coma   o   momento exacto   en   que   a
presence   like   the   moment   exact   in   that   the

chuvia vai caer,   e   aínda así non cae.
rain   goes   fall   and   still   so   not   falls

No   muro vello, xusto onde   se   xuntan os
In the   wall   old   just   where   themselves   join   the

camiños   da   torre   e   da   praia, había   alguén
roads   of the   tower   and   of the   beach   had   someone
                                                  there was

sentado.
sitting

Unha   figura delgada, envolta nun   manto escuro
A   figure   slim   wrapped   in a   cloak   dark

que   se   confundía   coa   noite.   Só   se
that   itself   confused   with the   night   Only   themselves
              mixed

distinguían as botas gastadas, cruzadas unha sobre
distinguished the boots worn out crossed one over

outra, e o perfil dun rostro que miraba o
(the) other and the profile of a face that watched the

mar coma quen xa sabe o que hai máis aló
sea like who already knows it that has more there
there is past

del.
of it

Parei en seco.
(I) stopped in dry

A figura moveuse co son dun sopro.
The figure moved with the sound of a breath

Ergueuse, baixou do muro cunha
(It) raised itself descended from the wall with a

elasticidade que non era común, sen ruído,
elasticity that not was general without sound
flexibility normal

como unha sombra que decide volverse corpo.
like a shadow that decides to turn itself into (a) body

163

Levaba **un** **pantalón** **de** **montar** **de** **coiro**
(The figure) carried -a- pants of to ride of leather
                               horse riding

negro **e** **unha** **capa** **longa** **co** **forro** **vermello,**
black and a cape long with the lining red

que **se** **abría** **brevemente** **co** **vento.** **A**
that itself opened briefly with the wind The

espada **que** **levaba** **ao** **cinto** **non** **tiña**
sword that (the figure) carried at the belt not had

adorno. **Só** **era** **funcional.** **E** **limpa.**
adornment Only (it) was functional And clean
          It was just

—Pensabas **marchar** **sen** **despedirte?**
(You) thought to walk off without to dismiss yourself
                         to say goodbye?

—preguntou.
(the figure) asked

A **súa** **voz** **non** **era** **grave,** **pero** **tiña** **a**
-The- their voice not was serious but had the

autoridade **da** **pedra** **vella.** **Baixa.** **Firme.** **Sen**
authority of the stone old Low Firm Without

vacilacións.
hesitations

Sentín **un** **lóstrego** **subirme** **pola** **columna.**
(I) sensed a lightning rise up -myself- by the spine

Non **era** **medo.** **Era** **algo** **distinto.**
Not (it) was fear (It) was something different

Adrenalina, **coma** **cando** **me** **erguei** **por** **primeira**
Adrenaline like when myself (I) raised for (the) first

vez **tras** **a** **ferida** **da** **muralla,** **co** **coitelo**
time after the wound by the wall with the knife

na **man.**
in the hand

—Non... **ía** **a** **ningures** **—respondín,**
No (I) went to nowhere (I) answered

instintivamente.
instinctively

A **figura** **fixo** **un** **paso** **adiante,** **e** **por** **fin** **vin**
The figure made a step ahead and for end (I) saw
finally

a súa cara. Era unha muller. Non moza, pero
-the- her face (It) was a woman No lass but
                                      Not a

tampouco vella. Ollos grises, como mar en
neither old Eyes gray as (a) sea in

treboada, pero tranquilos, sen ira. Pelo escuro
thunderstorm but calm without anger Hair dark

recollido con precisión. Unha cicatriz leve na
gathered with precision A scar light in the

fazula esquerda.
cheek left

—Non te asustes —dixo—. Veño por ti.
Not you scare yourself (she) said (I) come for you

--

A muller detívose a poucos pasos de min.
The woman stopped herself at few steps of me

Non levaba escudo nin bandeira, pero había en
Not (she) carried shield nor flag but had in
                                          there was

ela unha gravidade que fixo que endereitase o
her a gravitas that made that (I) straighten the

lombo sen pensalo.
back without to think it

—Sabemos quen es —dixo, sen sorrir—. A
(We) know who (you) are (she) said without to smile The

curandeira da muralla. A que levou un neno
healer of the wall She who carried a child

nos brazos mentres sangraba. A que empuñou
in the arms while (she) bled She who wielded

un coitelo cando outros fuxían. A que non
a knife when others fled She who not

quedou quieta, nin cando todo ruxía ao seu
remained quiet neither when all roared in the her

redor.
environs

Os seus ollos, grises coma un mar a piques de
-The- her eyes gray like a sea at top of

romper, brillaban sen dureza, pero con
to break   shone   without   severity   but   with

intensidade. A luz da lúa reflectíase no
intensity   The   light   of the   moon   reflected itself   in the

forro vermello da súa capa, dándolle á súa
lining   red   of -the-   her   cape   giving him   to -the-   her

figura un aire case irreal.
figure   an   air   almost   surreal

—Non estás soa —engadiu, en voz máis baixa—.
Not   are (you)   alone   (she) added   in   voice   more   low

Hai máis coma ti. Mulleres que non agardan
Has   more   like   you   Women   who   not   await
There are

permiso. Soldadas, mensaxeiras, sabias. Que
permission   Soldiers   messengers   wise women   Who

cruzan fronteiras de xeografía e de pensamento.
cross   frontiers   of   geography   and   of   thought

Algunhas curan. Outras loitan. Moitas fan ambas
Some   heal   Others   fight   Many   do   both

cousas. Ningunha   se   esconde.
things   None   themselves   hide

Eu non dicía nada. Pero o corazón batíame
I not said nothing But the heart beat me

contra as costelas coma unha porta pechada
against the ribs like a door closed

co vento en contra.
with the wind in against
         pushing against it

—Non veño convencerte —continuou—. Só
Not (I) come to convince you (he) continued Only

propoñerche un camiño. Noutros lugares hai
to propose to you a road In other places has

doentes, e feridas, e fames que non
sick ones and wounds and hungers that not

se ven. E tamén hai opresión, e
themselves saw And also has oppression and
are seen   there is

sombras, e voces silenciadas. Alá, os nomes non
shadows and voices silenced There the names not
         don't

contan. Só conta o lume que levas dentro.
count Only counts the fire that (you) carry from inside

Fixo unha pausa. Mirou cara ao
(She) made a pause (She) looked face to the
in the direction of the

horizonte, onde o mar e o ceo se
horizon where the sea and the sky themselves

confundían nun azul escuro.
confused in a blue dark

Logo, volveuse cara a min e pronunciou
Then (she) turned herself face to me and pronounced

as palabras que me quedarían gravadas para
the words that me remained engraved for

sempre:
ever

—Loitaches con lume. Gustaríache loitar outra
(You) fought with fire Would (you) like to fight (an)other

vez, máis alá desta terra?
time more there of this earth

Non souben que responder. Ou máis ben souben
Not (I) knew that to respond Or more well (I) knew
how

que xa respondera, sen abrir a boca. O
that already (I) responded without opening the mouth -The-

meu corpo inclinouse lixeiramente cara a
my body inclined itself lightly face to
in the direction of

ela. O meu sangue espertara.
her -The- my blood woke up
had woken up

Ela notouno. Asentiu, como se a resposta fose
She noticed it Nodded as if the answer were

suficiente.
sufficient

—Estarei esperando na praia, antes do
(I) will be waiting on the beach before of the

amencer. O barco non agarda unha segunda vez.
dawn The ship not waits a second time

Virou sobre os talóns e perdeu a súa
(She) turned -over- the heels and lost -the- her

forma na escuridade con tanta facilidade que
form in the darkness with so much facility that

por un momento pensei que a imaxinara.
for a moment (I) thought that it imagined

Pero na man tiña un pequeno broche que me
But in the hand (she) had a small brooch that me

pasara sen decatarme. Era redondo, de
(she) passed without to realize myself (It) was round of
that I realized it

ferro vello, cunha espiral gravada no centro.
iron old with a spiral engraved in the middle

Volvín á cidade co paso firme.
(I) returned to the city with the step firm

A lareira da casa de María estaba acesa, e
The fireplace of the house of Maria was lit and

por unha das fiestras abertas saía o aroma
through one of the windows opened exited the aroma

de cera e madeira. Entrei pola porta
of wax and wood (I) entered through the door

172

traseira, sen facer ruído. María estaba sentada
back without to make sound Maria was seated

no banco diante do lume, co cabelo solto,
on the bench in front of the fire with the hair loose

peiteándoo cun peite de madeira. Levaba unha
combing it with a comb of wood (She) wore a

saia ampla e unha camisa que eu recoñecía,
skirt wide and a shirt that I recognized

herdada da súa nai. A escena tiña a
inherited from her mother The scene had the

quietude dun cadro.
quiet air of a picture

Ela miroume e arqueou as cellas, pero non
She looked at me and arched the eyebrows but not

dixo nada. Só deixou o peite enriba da mesa
said nothing Only (she) left the comb on top of the table

e agardou.
and waited

Senteime a carón dela, na banqueta baixa,
(I) sat myself at side of her on the little bench low

cos pés xuntos e as mans no colo.
with the feet together and the hands in the collar
neck

Durante un longo momento, ninguén dixo palabra.
During a long moment no one said (a) word

As chamas estalaban, e fóra ulíase a
The flames exploded and outside smelled itself the
could be smelled

brisa salgada.
breeze salty

—Cando me salvastes... —dixen finalmente— non
When me (you) saved (I) said finally not

só salvastes a miña vida. Salvastes tamén a
only (you) saved -the- my life (You) saved also -the-

miña sede.
my thirst

Ela baixou a mirada.
She lowered the look

—Nunca quixen ser exemplo de nada
Never (I) wanted to be example of nothing

—respondeu en voz baixa.
(she) answered in voice low

—Fuches —afirmei—. E aínda o es. Pero
(You) were (I) affirmed And still it (you) are But

agora... preciso saber quen son sen ti.
now necessary to know who (I) am without you

María suspirou, pechando os ollos. Logo
Maria sighed closing the eyes After

colleume a man e apertouna entre as
(she) took (of) me the hand and squeezed it between the

súas. Estaban cálidas, vivas, verdadeiras.
his (They) were warm alive true

Non houbo bágoas. Nin berros. Nin promesas.
Not had tears Neither shouts Nor promises
there were

Só orgullo, e unha aceptación fonda, desa que
Only pride and an acceptation deep of that what

nace   entre   iguais.
is born   between   equals

—Ensináchesme a   quedarme   firme   —dixen,   coa
(You) taught me   to   stay myself   firm   (I) said   with the
                          keep   strong

voz   entrecortada—. Agora quero ver   que   pasa
voice   intermittent   Now   (I) want to see what happened

cando dou   o   primeiro paso.
when   (I) give the   first   step
       I make

Ela sorriu, só un   intre,   e   puxo   a   miña man
She   smiled   only   a   moment and (I) put -the-   my   hand

enriba do   meu peito.
on top   of the   my   chest

—Que   ese   primeiro   paso   sexa   teu.   Só   teu
That   this   first   step   be   yours   Only yours

—murmurou.
(she) mumbled

Antes   do   amencer, estaba lista.
Before of the   dawn   (I) was   ready

Levei só un saco pequeno: herbas secas, un
(I) took only a sack small herbs dry a

caderno, unha pluma, o broche, un coitelo vello
notebook a feather the brooch a knife old

de curar, e unha muda limpa. Nada máis.
of healing and a change clean Nothing more
of clothes

Cruzando a cidade, vin algunhas velas acesas
Crossing the city saw some candles lit

tras as fiestras. A cidade comezaba o seu día.
behind the windows The city started the its day

Eu, unha nova vida.
I a new life

Cando cheguei á praia, a muller de negro
When (I) arrived to the beach the woman of black

xa agardaba. O barco era pequeno, de vela
already waited The ship was small of sail

baixa, de madeira escura e sen nome visíbel.
low of wood dark and without name visible

Na   cuberta   distinguíanse   tres   siluetas
On the   deck   distinguished themselves   three   silhouettes

femininas. Ningunha falaba.   Parecían   parte do
female   No one   spoke   (They) appeared   part   of the

barco.
ship

Ela fixo un aceno   co   queixo. Eu asentín.
She made a sign with the chin   I   nodded

Subín a bordo sen mirar atrás.
(I) mounted on board without to look back

Mentres o barco comezaba a separarse   do
While the ship started to separate itself from the

peirao, mirei cara á cidade. A Coruña
pier (i) looked face to the city A Corunya

erguíase contra o ceo azul pálido,   cos   seus
raised itself against the sky blue pale with -the- its

tellados vermellos, as murallas vellas e o
roofs red the walls old and the

reflexo do mar no seu ventre.
reflection of the sea on -the- its belly

Pensei en María. En Sancho. No convento. Nas
(I) thought of Maria Of Sancho Of the convent Of the

rúas. Nos berros da batalla e nas mans que
roads Of the shouts of the battle and of the hands that

curei. En todo o que deixaba atrás.
(I) cured In all it that (I) left back

E aínda así, non me doeu.
And still so not me (it) hurt

Non era fuxida. Era comezo.
Not was fled Was started
I had I had

"Cando partimos para o descoñecido, deixamos
When (we) part to the unknown (we) leave

atrás un nome, unha casa, un amor. Pero levamos
back a name a house a love But (we) take

algo máis valioso: a capacidade de nos
something more valuable the capacity of us

transformar.   María   ensinoume   a   resistir.   Agora,
to transform   Maria   taught me   to   resist   Now

quero aprender a voar."
(I) want   to learn   to   fly

Epilogo – Sangue e Sombra
Epilogue - Blood and Shadow

A rúa estaba mollada pola chuvia recente, e o
The road was wet by the rain recent and the

cheiro a pedra fría, a lixo fermentado e a
smell of stone cold to garbage fermented and the

aceite vello prendía no aire como unha capa
oil old lit in the air like a cape

invisible. Eu agachábame nunha calexa estreita,
invisible I crouched myself in an alley narrow

encaixada entre dous barrís podres e uns
fitted between two barrels rotten and some

cestos de madeira que cheiraban a repolo podre
chests of wood that smelled of cabbage spoiled

e peixe salgado. Respiraba polo nariz, fondo
and fish salty (I) breathed through the nose deep

e en silencio, mentres os dedos da man
and in silence while the fingers of the hand

dereita palpaban a empuñadura do coitelo na
right feeling the handle of the knife on the

cintura.
belt

Non sabía o nome exacto daquela rúa, nun
Not (I) knew the name exact of that road in one

dos barrios vellos de Praga, pero sabía que a
of the quarters old of Prague but (I) knew that it

lembraría para sempre: estreita, empedrada,
(I) would remember for always narrow paved
cobblestoned

con bordos irregulares coma dentes de pedra. O
with edges irregular like teeth of stone The

beirado da casa fronteira escorría auga polas
eaves of the house bordering ran water through the

canles de ferro, e ao fondo, unha luz
channels of iron and at the back a light

tremelucente, probablemente dun farol de gas,
shimmering probably from a lantern of gas

proxectaba sombras danzantes nos lenzos sucios
projected shadows dancing on the canvases dirty

da cidade.
of the city

Vestía negro de arriba abaixo. O corpiño de
(I) dressed black from up (to) down The bodice of

coiro endurecido apertábame o peito e protexía
leather hardened pressed myself the chest and protected
                 hugged   my

as costelas. A capa, de tecido mate, mesturábase
the ribs The cape of fabric matte mixed itself

coas sombras. Levaba pantalóns anchos e botas
with the shadows (I) carried trousers wide and boots

reforzadas para escalar, e no cinto, os meus
reinforced for to climb and on the belt -the- my

compañeiros fieis: coitelos curtos, fiúnchos secos
companions trusty knives short fennels dried

atados   cun   fío   de   sangue   de   porco,   un
tied   with a   thread   of   blood   of   pig   a
vein

pequeno   botello   de   vinagre   e   un   saco   de   corda
small   bottle   of   vinegar   and   a   sack   of   cord

fina.   Na   manga   gardaba   unha   agulla   de   aceiro,
fine   In the   sleeve   (she) kept   a   needle   of   iron

aguzada   coma   a   miña   vontade.
sharpened   as   -the-   my   will

Mentres   agardaba,   inmóbil,   pensei:
While   (I) waited   immobile   (I) thought

"Se   alguén   me   contase   hai   un   ano   que   estaría
If   someone   me   told   has   a   year   that   (I) would be

aquí,   en   Praga,   esperando   para   asasinar   un
here   in   Prague   waiting   for   to assassinate   a

conde...   pensaría   que   fumara
count   (I) would think   that   (they) had smoked

herba   seca   de   máis."
grass   dry   of   corn
something too much

Un sorriso cruzoume os beizos por un instante.
A smile crossed me the lips for an instant

A ironía da vida non deixaba de sorprenderme.
The irony of the life not left of to surprise me
stopped

Eu, Inés de Ben, antiga curandeira de rúa,
I Ines de Ben old healer of road
traveling healer

aprendiz de meiga, herdeira das mulleres da
student of witch heiress of the women of the
old magic

muralla... agora asasina profesional ao servizo
wall now assassin professional in the service

dunha rede que apenas comprendía.
of a network that hardly (I) understood

Non sei cantas somos. Nin onde teñen a
Not (I) know how many (we) are Nor where (they) have -the-

súa sede. Só sei unha regra: cumprir a
their seat Only (I) know one rule fulfill the
HQ

misión. E unha promesa: loitar polos que non
mission And one promise fight for those that not

poden.
can

Nas últimas semanas cruzara canles, linguas e
In the last weeks (I) crossed channels languages and

medos. Estiven en Antuerpen, onde perseguín un
fears (I) was in Antwerp where (I) persecuted a

comerciante de escravos por riba dos tellados.
merchant of slaves by (the) top of the roofs

En Xenebra, enfronteime a dous homes armados
In Geneva (I) confronted to two men armed

nun convento reconvertido en almacén. Cabalguei
in a convent converted in warehouse (I) rode

ata perder o alento. Naveguei en barcazas coas
until to loose the breath (I) sailed in barges with the

mans amarradas para non caer co sono. Vivín
hands tied up for not to fall with the sleep (I) lived

en sombras, en covas, en hostais cheos de ratas.
in shadows in caves in hostels full of rats

Perdín parte da miña inocencia, pero non o
(I) lost part of the my innocence but not -the-

meu norte.
my north
true compass

"Homes ricos e podres que botan rapazas ao
Men rich and rotten that throw girls into the

río cos petos cheos de pedras."
river with the pockets full of stones

Ese foi o resumo dunha das miñas misións. Non
This was the resumé of one of the my missions Not

sempre matamos. Ás veces rescatamos. Outras,
always (we) kill At -the- times (we) rescue Others

facemos que un nome desapareza sen deixar
(we) make that a name disappear without to leave

pegada.
(a) footprint

Esta era a miña primeira misión en solitario.
This was -the- my first mission in solitary
by myself

E   por   primeira   vez,   sentía   o   peso   da
And   for   (the) first   time   (I) felt   the   weight   of the

liberdade.
freedom

O   corpo   non   tiña   frío.   O   sangue   corría   quente.
The   body   not   had   cold   The   blood   ran   hot

A   adrenalina   era   unha   sopa   doce   no   peito.   Pero
The   adrenaline   was   a   soup   sweet   in the   breast   But

a   mente...   a   mente   escapaba,   inevitablemente,
the   mind   the   mind   escaped   inevitably

cara   atrás.
face   back
to the past

A   Coruña.
A   Corunya

Que   lonxe   me   parecía   agora.
That   far   me   (it) seemed   now
So

Lembraba   a   pedra   quente   das   murallas   ao
(I) remembered   the   stone   hot   of the   walls   to the

sol, o cheiro a pan cocido na praza, as risas
sun the smell to bread cooked on the square the laughs
baked

de María nas mañás de mercado. Lembraba a
of Maria in the mornings of market (I) remembered the

Sancho ofrecéndome améndoas e viño mentres
Sancho offering me almonds and wine while

María lle lanzaba olladas de aviso, rindo. Seguro
Maria him threw looks of warning laughing Sure

que estaba embarazada de novo. E seguramente
that (she) was pregnant a- gain And assuredly

feliz, contando historias a nenos de mans
happy telling stories to kids with hands

lambidas de mel, mentres Sancho pechaba tratos
smeared with honey while Sancho closed deals

de aceite ou madeira.
of oil or wood

"Eu escollín a sombra. Ela, a luz. E aínda así,
I chose the shade She the light And still so

seguimos irmás."
(we) continued (to be) sisters

Non era morriña. Era gratitude. E unha
Not (it) was homesickness (It) was gratitude And a

estraña nostalxia doce e distante, coma un soño
strange nostalgia sweet and distant like a dream

bonito do que xa espertaras para ir salvar
nice of it that already (you) will wake up for to go save

o mundo.
the world

Volvín ao presente.
(I) returned to the present

A misión.
The mission

O obxectivo era claro: interceptar unha carruaxe
The objective was clear intercept a carriage

pertencente ao conde von Schwalbe, un
belonging to the count von Schwalbe an

aristócrata implicado no tráfico de mozas e
aristocrat implicated in the traffic of girls and

na experimentación con doentes e desertores.
in the experimenting with sick ones and deserters

Segundo os informes, tiña conexión directa
According to the information (he) had connection direct

cos "homes das mans vermellas", unha rede
with the men of the hands red a network

de criminais con tentáculos en cortes e igrexas.
of criminals with tentacles in courts and churches

A miña orde era clara: eliminar todos os
The my order was clear to eliminate all the
The order I got

pasaxeiros e recuperar os valores importantes:
passengers and to recover the valuables important

documentos, obxectos, nomes, ou o que fose que
documents objects names or it that (it) was that

transportaran.
(they) transported

Nada   máis.
Nothing   more

Nada   menos.
Nothing   less

O   ruído chegou antes que a luz.
The sound   arrived   before than the light

Primeiro, o retumbar dos cascos dos cabalos
First   the   rumble   of the   hoofs   of the   horses

sobre o empedrado. Rítmico. Contundente.
over   the   pavement   Rhythmic   Forceful

Logo, o rango metálico das rodas de ferro, o
After   the   ring   mettalic   of the   wheels   of   iron   the

bater de cadeas, e un asubío lixeiro dos freos
beating of (the) chains and a   whistle   light   of the brakes

engraxados.
greased

Espreitei desde a calexa.
(I) peeked   from   the   alley

A carruaxe era negra, maciza, con reforzos de
The carriage was black massive with reinforcements of

ferro nos cantos. As fiestras estaban blindadas
iron in the corners The windows were blinded

con coiro groso. Dous gardas armados viaxaban
with leather thick Two guards armed traveled

na traseira, un con man en sabre curto,
on the back one with hand on sabre short

outro cunha pistola de chispa. Estaban atentos,
(the) other with a pistol of spark Were attentive
flint pistol

si. Pero non preparados para min.
yes But not prepared for me

Un erro.
An error

O seu erro.
-The- his error

Movinme sen ruído.
(I) moved myself without sound

Un salto único, directo, coma unha árbore que cae
A   jump   single   straight   like   a   tree   that   falls

onde debe.
where (I) must

Caín sobre o garda traseiro esquerdo. O
(I) fell   over   the   guard   (in the) back   left   The

coitelo afundiuse entre a súa omoplata e
knife   dropped down   between   -the-   his   shoulder blade   and

a columna. Non tivo tempo nin de respirar,
the   spine   Not   (he) had   time   not even   of   to breathe

desapareceu na escuridade sen un son.
(he) disappeared   in the   darkness   without   a   sound

Reptando polo teito, coas botas pegadas á
Crawling   by the   roof   with the   boots   stuck   to the

madeira, cara ao outro garda. Non viu
wood   face   to the   other   guard   Not   (he) saw
   in the direction   of the

nin oíu nada.
nor   (he) heard   anything

Mordín o beizo, acazapada, e avancei a catro
(I) bit the lip squatted and advanced on four

patas polo teito ata quedar centrada. Sentía cada
legs by the roof until to stay central (I) felt each

paso dos cabalos coma latexos.
step of the horses like heartbeats

Esperei.
(I) waited

Sabía que cruzarían unha ponte e entrarían
(I) knew that (they) would cross a bridge and would enter

nun parque máis escuro. Sen casas. Sen
in a park more dark Without houses Without

xente. Sen testemuñas.
people Without witnesses

Cando os sons das rúas se apagaron e
When the sounds of the roads themselves extinguished and

xa non se oían campás nin berros...
already not themselves heard bells nor shouts
were heard

lanceime.
I threw myself

Caín sobre o cocheiro. A capa envolveu a súa
Fell over the The cape the his

cabeza. Coitelo, man, precisión. Un corte entre
head Knife hand precision A yard between

os tendóns do pescozo. O home caeu cara
the of the neck The man fell face

ao lateral coma un saco mollado.
to the lateral like a sack

Collín as rendas, fixen un tirón suave. Os cabalos
(i) picked the (i) did a pull soft The horses

detivéronse cun bufido. Eran ben adestrados.
with a Were well

A carruaxe estaba quieta.
The carriage was quiet

O tempo tamén.
The time also

E eu... preparada para abrir a porta e
And I prepared for to open the door and

cumprir coa orde.
comply with the order

—
—

Baixei do teito coa mesma precisión e
(I) lowered from the roof with the same precision and

firmeza coa xirei un meniño de cu
firmness with which (I) turned a child of bottom
breech child

dentro do ventre. Os pés pousáronse con
inside of the belly The feet landed themselves with

suavidade xunto á porta da carruaxe. O
gentleness together at the door of the carriage The

coitelo, xa manchado, estaba na miña man
knife already stained was in the my hand

esquerda, e coa dereita estendía os dedos
left and with the right extended the fingers

cara   á   pechadura de ferro vello.
face   to the   lock   of   iron   old
in the direction of the

Non cheguei a tocalo.
Not   (I) arrived to   touch it

A   porta estoupou   cara   a   fóra   cun   golpe seco
The   door   exploded   face   the outside with a   blow   dry
                           towards

e   brutal, como un   raio   rachando madeira.
and   brutal   like   a   (lightning) ray   splitting   wood

Un home alto, envolto nun gabán de coiro negro
A   man   tall   wrapped   in a   overcoat   of   leather   black

con   colariño   alto,   saltou   coma   unha   besta
with   collar   high   jumped   like   a   beast

desatada, un pistolete de chispa   xa   aceso   na
unleashed   a   pistol   of   spark   already   lit   in the

man.
hand

O   brillo   da   pólvora incendiándose cegoume un
The   shine   of the   powder   burning itself   blinded me   a
                         catching fire

intre.　E　logo,　o　disparo.
moment　And　after　the　shot

O　estrondo　sacudiu　o　aire.
The　crash　shook　the　air

Xa　me　movera.　O　meu　coitelo　voou
Already　myself　(I had) moved　-The-　my　knife　flew

coma　un　raio,　xirando　sobre　si　mesmo,　e
like　a　ray　gyrating　over　itself　same　and
　　　(lightning flash)

cravouse　no　seu　ollo　esquerdo　xusto　cando　o
nailed itself　in -the-　his　eye　left　just　when　the

gatillo　estalaba.
trigger　exploded

A　bala　bateume　no　peito.
The　bullet　struck me　in the　breast

Sentín　como　o　mundo　se　derrubaba　baixo　os
(I) felt　like　the　world　itself　collapsed　below　-the-

meus　pés.　O　aire　escapoume　dos　pulmóns
my　feet　The　air　escaped me　from the　lungs

coma se unha man invisible mo arrancase
like / if / a / hand / invisible / him / ripped out itself

de golpe. Caín de costas, a capa arremuiñándose
of blow / (I) fell / of / sides / the / cape / spinning itself
suddenly / to the / side

arredor de min, os ollos cheos de chispas e
around / of / me / the / eyes / full / of / sparks / and

sombras. Durante uns segundos, todo xiraba. Non
shadows / During / some / seconds / all / turned / Not

sabía se vivía.
(I) knew / if / (I) lived

Logo, o silencio.
After / the / silence

E o latexo.
And / the / heartbeat

Toquei o peito coas mans tremendo. O
(I) touched / the / breast / with the / hands / trembling / The

tecido estaba resgado, afundido, fumegando... pero
fabric / was / torn / sunk / smoking / but

non sangraba. Non sentía sangue quente, só a
not (I) bled Not (I) felt blood hot only the

dor aguda dunha contusión brutal.
pain sharp of a contusion brutal

Incorporeime a duras penas. O home estaba
(I) incorporated myself at hard pains The man was
     I stood up

estendido boca arriba, co meu coitelo
extended mouth up with -the- my knife
stretched out face

cravado ata a empuñadura no cranio. A
nailed until the handle into the cranium The

arma de chispa aínda botaba fume no chan.
arm of spark still threw smoke on the ground
    flint pistol

Os seus ollos —ou o que quedaba deles—
-The- his eyes or the one that remained of them

miraban ao ceo sen ver xa nada.
watched to the sky without to see already nothing

Achegueime. Era o conde. Recoñecín o
(I) approached -myself- (It) was the count (I) recognized the

anel distintivo co corvo bicando unha cruz.
ring distinct with the crow pecking a cross

Revisei os petos con rapidez. Nada. Nin
(I) reviewed the pockets with speed Nothing Neither

moedas, nin documentos, nin xemas. Baleiro.
coins nor documents nor schemas Empty

—Non pode ser... —murmurei, aínda entrecortada
Not can be (I) murmured still intermittent

pola dor—. Non pode ser que viñera baleiro.
by the pain Not can be that (I had) come empty

Ollando de novo cara á carruaxe, algo
Watching a- gain towards to the carriage something

dentro de min se acendeu. Unha intuición antiga,
of inside of me itself lit up An intuition old

instintiva, das que non se poden explicar.
instinctive of those that not themselves (they) can explain

Subín os dous chanzos e abrín a porta
(I) mounted the two steps and (i) opened the door

con   coidado.   Esperaba   atopar   un   cofre,   un
with   care   Expected   to meet   a   chest   a
    care of yourself

maletín,   papeis   secretos.
briefcase   papers   secret

Pero   o   que   vin...   non   tiña   nada   que   ver   con
But   it   that   (I) saw   not   had   nothing   that   to see   with
    to   do

iso.
this

Era   unha   rapaza.
(It) was   a   girl

Moi   nova.   Quizais   trece,   catorce   anos.   Sentaba
Very   new   Maybe   thirteen   fourteen   years   (She) sat
    young

no   fondo   da   carruaxe,   envolta   nunha   manta
in the   back   of the   carriage   wrapped   in a   cloak

que   debía   ser   vermella   hai   tempo,   agora   sucia
that   (one) should   to be   red   has   time   now   filthy

e   rota.   Tiña   a   cara   tan   pálida   como   a   cera
and   broken   (She) had   the   face   so   pale   like   the   wax

dunha vela, e os ollos, enormes, verdes escuros,
of a   candle and the   eyes   enormous   green   dark

brillaban entre o medo e a febre.
burned   between the fear   and the   fever

Tremía. Non tiña zapatos. Os xeonllos
(She) trembled   Not (she) had   shoes   The knees them

abrazaban o peito, e os seus ollos
hugged   the   chest   and -the-   her   eyes

fixáronse nos meus coma se estivera vendo
fixed themselves on -the- mine   as   if (she) was looking

ao demo... ou a un anxo.
at the devil   or at an   angel

—Vas... vas matarme tamén? —preguntou cun
(You) go (you) go   kill me   also   (she) asked with a

fío de voz, rota, gastada, como se xa non
thread of voice broken worn out   as   if already not

lle quedase nada por perder.
him remained nothing for to lose

Non puiden responder de inmediato.
Not (I) could respond -of- immediately

O meu peito latexaba con forza. A orde
-The- my breast beat with force The order

resoaba clara na miña cabeza: eliminar os
resounded clearly in -the- my head the

pasaxeiros, recuperar os valores.
passengers recover the valuables

Ollando para ela, souben o que xa non tiña
Watching to her (I) knew it that already not had

que preguntarme.
that to ask myself

Ela era o valor.
She was the valuable

E tamén a proba.
And also the test

Non era só inocente. Era o contrario exacto
Not (she) was only innocent Was the opposite exact

do que acababa de matar.
of it that (I) finished of to kill
I just killed

A miña man, que aínda levaba un coitelo,
-The- my hand that still carried a knife

vacilou.
hesitated

E logo baixou.
And then lowered

A miña voz saíu grave, pero firme:
-The- my voice came out serious but firm

—Quen teña honra... non mata á inocentes.
Who has honor not kills to the innocents

Ela non entendeu, ou si. Pero miroume
She not understood or yes But (she) looked at me
she did

sen pestanexar, sen chorar, só respirando,
without to blink without to cry only breathing

como se iso fose xa un milagre.
as if this were already a miracle

Estendín a man.
(I) extended the hand

—Non vou matarte. Pero tes que vir
Not (I) go to kill you But (you) have that to come

comigo. Agora... es a miña valiosa carga.
with me Now (you) are -the- my valuable load

A carruaxe, os corpos, a arma e a bala...
The carriage the corpses the weapon and the bullet

quedaron atrás.
remained back

Cruzamos o parque por un sendeiro oculto
(We) crossed the park by a path hidden

entre os carballos, cubertas pola néboa espesa
between the oak trees covered by the fog thick

da madrugada. Ela ía calada, a man crispada
of the morning She went silent the hand tense

na manga do meu abrigo. Non choraba. Non
in the sleeve of -the- my coat Not cried Not

falaba. Só respiraba.
spoke Only breathed

A cidade seguía durmindo. Ou facendo ver que
The city continued sleeping Or making see that

non vía.
not (I) saw

Ao lonxe, un can ladraba. E o mar —ese mar
At the distance a dog barked And the sea this sea

que xa coñecera noutras costas— batía suave
that already (I) knew in other sides beat soft

contra o peirao.
against the pier

Non sabía que facer con aquela nena.
Not knew what to do with that girl

Non sabía se era importante. Nin por que a
Not knew if (she) was important Nor for what her

escondían. Nin quen era. Nin que quería
(they) hid Nor who (she) was Nor what (she) wanted

comigo.
with me

Pero sabía isto:
But (I) knew this

Non a deixaría atrás.
Not her (I) left back

E mentres camiñabamos, os nosos pasos
And while (we) walked -the- our steps

pequenos pero firmes afundíndose na herba
small but firm sinking themselves in the grass

mollada, pensei:
wet (I) thought

"Non sei quen é esta rapaza. Non sei por
Not (I) know who is this girl Not (I) know for

que a querían. Pero ata que vexa á muller
what she (they) wanted But until that (I) see to the woman

de negro outra vez... esta será a miña
of black (an)other time this will be -the- my

misión."
mission

www.ingramcontent.com/pod-product-compliance
Lightning Source LLC
Chambersburg PA
CBHW070106280626
47159CB00016B/1612